가우리와 함께 제피리아 시티로 돌아가는 도중이었다.

일단 한 번 고향에 돌아가기로 하고

정~~~말 여러 가지 일들이 있었기에,

그렇게 서둘러야 되는 여행은 아니지만……

슬레이어즈 16
아텟사의 해후

―황혼보다 어두운 자여.
피의 흐름보나 붉은 자여.
시간의 흐름에 파묻힌
위대한 그대의 이름으로….

외우는 것은
무차별 광범위 주문!

16 아텟사의 해후

HAJIME KANZAKA 칸자카 하지메

일러스트 | 아라이즈미 루이

번역 | 김영종

목 차

1. 대장장이의 마을. 숲 속에선 도적의 그림자

조금 요란한 소리 다섯 번.

그것으로 소란은 일단락되었다.

나는 다시 의자에 앉아 아직 따뜻한 향차를 한 모금 들이켠다.

"…크… 윽…."

내 정면 바닥. 내가 가장 먼저 때려눕힌 건달 1은 똑바로 누운 채 움찔움찔 경련하면서도 고개를 들어 이쪽을 바라보더니.

"…무슨… 짓을 하는 거냐… 너…."

"무슨… 짓이냐니…?"

너무나 당연한 것을 묻기에 나는 눈을 한 번 깜박이고,

"정당방위?"

"뭐가… 정당방위란 거야…. 우린 아직 아무 짓도 안 했다고……."

…후우….

"…너 말야…."

자각이 전무한 그의 말에 나는 한숨을 내쉬면서,

"밥을 먹으러 왔을 뿐인데 처음 보는 얼굴이라는 이유로 남자 다섯 명이 작당해서 시비를 걸어왔잖아. 그리고 그 점을 지적하니

연약한 미소녀에게 실력 행사를 하려 했고 말이지. 그런 건 '아무 짓도 안 한' 범주에 들어가지 않아."

―도중에 들른 음식점에서 건달들이 시비를 걸어오고 그것을 때려눕히는 것. 솔직히 우리에겐 여행의 전형적인 풍류라고 해도 과언이 아니다.

물론 그것이 즐거울 리는 만무.

불행 중 다행인 것은 주문한 요리가 오기 전에 소란이 일어나서 음식이 먼지를 뒤집어쓰지 않아도 되었다는 걸까?

"'연약한 미소녀'라는 건… 아, 아니, 아무것도 아냐."

동료가 옆에서 말꼬리를 잡으려 하길래 힐끔 시선을 던지니 내 의도를 이해했는지 곧바로 입을 다물어주었다.

남의 일이라도 되는 것처럼 지적질을 할 모양이었던 것 같은데, 내가 처음 때려눕힌 한 명을 제외한 다른 네 명의 건달들은 다름 아닌 그가 해치운 것이다. 그것도 순식간에.

긴 금발에 반듯한 이목구비, 그리고 어딘지 태평한 분위기.

그런 탓인지 장검과 경갑옷을 단순한 허세로 생각하는 사람도 있는 듯하지만, 이래 봬도 나의 길동무 가우리 가브리에프는 엄청난 실력을 가진 검사이다.

검도 뽑지 않고 눈 깜짝할 사이에 쓰러뜨리고 말았으니 눈앞의 건달들도 그의 실력이 어느 정도인지는 이미 이해했겠지만.

"아무튼."

나는 항의해온 건달 1에게 시선을 되돌리고,

"두들겨 맞고 불평을 할 거면 애당초 시비를 걸지 말았어야지."

하지만 내 충고에도 남자는 계속 물고 늘어졌다.

"…싸움을 건 것도, 시비를 건 것도 아냐…. 우린 자경단 일을 했을 뿐이라고…!"

"흐음, 이 부근에선 시비를 걸면서 말썽을 부리는 녀석들을 '자경단'이라 부르는 모양이네?"

"그들은 실제로 자경단이 맞긴 하지만요."

생각지도 못한 방향에서 들려온 목소리에 나는 시선을 이리저리 돌렸다.

—마을 큰길가에 있는 비교적 큰 여관, 실버 리프 인(Silver Leaf Inn). 그 1층에 있는 식당.

밤이 되면 취객으로 붐빌지 모르지만, 열려 있는 창으로 오후의 밝은 햇살이 들어오는 이 시간대에 가게 안에 있는 것은 나와 가우리 두 사람, 자칭 자경대원 다섯 명, 떨어진 곳에 드문드문 앉아 있는 손님들,

그리고 카운터 안쪽에서 수염을 기른 40대 아저씨 한 명이 온화한 시선을 이쪽에 보내고 있는 정도.

목소리는 그 식당 아저씨 쪽에서 들렸다.

"그런 거야?"

라고 묻자 아저씨는 고개를 끄덕이고,

"그렇습니다."

"거봐!"

누워서 의기양양하게 소리치는 건달… 아니, 자경단원에게 식당 아저씨는 눈길도 주지 않고,

"물론 란다 군의 거친 언동이 이 소란의 원인이 된 것은 사실입니다만."

"…윽…."

그 말에 어색하게 침묵하는 자경단원.

─그렇군. 세상에는 종종 있지. 무언가 직책을 얻으면 멋대로 하는 행동과 거만한 태도가 용인된다고 착각하는 녀석들이!

란다인가 하는 이 녀석도 그런 부류인 모양이다.

아무튼 느닷없이 남자 다섯 명이 이쪽 테이블을 둘러싸고 한 말이 "처음 보는 얼굴이군" 아니었나. 도무지 건달로밖에 생각되지 않는 언동이었다.

식당 아저씨는 풀이 죽은 란다에겐 눈길도 주지 않고,

"그보다 두 분 모두 상당한 실력자로 보입니다만… 거기 아가씨는 마법사인 건가요?"

"예, 뭐…."

일이 복잡해질 것 같은 예감을 느끼면서 모호하게 대답하자…,

"어떻습니까? 괜찮으시다면 얼마간 용병으로서 이 마을을 도적들로부터 지켜주셨으면 합니다만."

거봐.

가우리는 한눈에 봐도 검사 스타일이고, 나는 쇼트 소드를 차고 있긴 하지만 긴 망토와 검정색 머리띠, 이곳저곳에 보석 애뮬릿을

차고 있는 전형적인 마법사 스타일이다.

그런 우리가 자경대원 다섯 명을 때려눕힌 것을 보았으니 검사와 마법사 용병 콤비라고 생각하는 게 당연할 것이다.

물론 여행 도중에 이런저런 의뢰를 맡는 경우도 있지만 지금은 노자도 넉넉해서 솔직히 별로 성가신 일은….

"잠깐만요, 마크라일 씨!"

나와 가우리가 무언가 대답하기 전에 소리친 것은 란다였다.

"이런 녀석들의 힘을 빌릴 것 없잖아요! 우리가….."

"란다 군?"

마크라일 아저씨의 목소리는 어디까지나 조용했지만,

란다의 목소리는 거기서 뚝 멎었다.

"조금 닥치고 있어줄래?"

"죄죄죄죄죄죄송합니다….."

사죄의 목소리는 점점 작아지다가 사라졌다.

—이 건달 같은 자경단원이 이렇게까지 겁을 내다니… 마크라일 씨의 정체는 대체 뭐지…?

"최근 이 마을을 노리는 도적들이 출몰하고 있어서 말이죠."

이쪽이 뭐라고 말할 틈도 없이 마크라일 씨는 이야기를 시작했다.

—그러고 보니….

문득 떠올랐다.

나와 가우리 두 사람이 이 마을로 오는 도중 어딘가에서 이쪽을 바라보는 누군가의 시선을 느꼈었다.

일단 적의는 없는 것 같아서 눈치 못 챈 척 지나쳤지만….

어쩌면 그게 마크라일 씨가 말하는 도적들 아니었을까? 하지만 기척이랄까, 분위기는 그다지 도적답지 않다는 느낌이었는데….

"다른 마을로 가는 짐을 약탈한다든지, 작업장과 채굴소를 파괴한다든지 하는 일들이 계속되고 있습니다.

자경단이 대처를 하고 있긴 합니다만 도무지 진전이 없어서 말이죠…."

"병사들한테 부탁할 순 없는 거야?"

"…이 마을은 기본적으로 병사들을 둘 수 없거든. 가끔씩 들르는 정도라면 괜찮지만."

더 이상 소란은 없을 거라 판단했는지 내 옆 의자에 앉으면서 묻는 가우리에게 나는 대답했다.

"병사를 둘 수 없다고? 어째서?"

"이런저런 사정이 있어."

"이런저런 사정?"

"…아…."

묻지 말라고는 안 하겠지만 설명해도 이 녀석이 알아들을 수 있으려나…?

"왔을 때 봤다시피 이 아텟사 마을은 셀세라스 대산림이라는 큰 숲 안에 있어.

제피리아 왕국과 성왕국 세이룬 양쪽에 걸쳐 있는 숲으로, 여기

저기에 단층 같은 게 있어서 질이 꽤 좋은 금속 등도 채굴되고 있지.

광석과 삼림 자원이 모두 풍부한 덕분에 대장장이의 마을로 발전했는데….

야! 이야기를 시작한 지 얼마 되지도 않았는데 벌써 꾸벅꾸벅 조는 거냐아아아아!"

퍽! 손날로 머리를 강타.

"우웃?!"

움찔! 고개를 들더니 주위를 두리번거리는 가우리.

"일부러 설명하게 해놓고서 안 듣고 있었지?!"

"아, 아니, 들었어, 들었다고. 끝까지 똑똑히 말야. 그러니까 이 마을에는 여러 가지 사정이 있다는 거지?"

"거짓말하지 마아아! 이야기를 끝까지 하지도 않았는데 뭘 끝까지 들어! 여러 가지 사정이 있다는 걸로 납득할 거라면 애초에 묻지를 말라고오오오오!"

아, 정말 이 녀석은…. 아무튼 설명 자체가 헛수고였다.

고래고래 소리치고 어깨를 푹 떨군 나 대신,

"이 마을에서는 무기와 갑옷을 대량으로 만들고 있거든요."

마크라일 씨가 설명하기 시작했다.

"한 나라가 이곳에 병사를 다수 배치하면 다른 나라가 '저 녀석들, 무기를 독점해서 전쟁을 할 생각 아냐?' 하고 의심을 품게 됩니다.

그렇게 되지 않도록 군대를 두지 않고 자경대만으로 어찌어찌 꾸려나가고 있는 거지요."

"오… 그렇군."

가우리는 납득한 얼굴로 고개를 크게 끄덕여 보이더니 나에게 시선을 돌리고,

"이런 식으로 설명해주면 알기 쉽잖아."

"그 부분의 설명에 들어가기도 전에 넌 꾸벅꾸벅 졸기 시작했다고!"

"그래서… 말인데요…."

나와 가우리가 티격태격하고 있을 때, 마크라일 씨가 끼어들었다.

"도적이라고는 했지만 아무래도 일반적인 도적과는 성격이 좀 다른 것 같아서 말이죠. 우리 자경단에 좀처럼 꼬리를 잡히지 않는 것도 그렇지만, 하고 있는 짓이 돈을 목적으로 하고 있다기보다는 우리를 성가시게 하는 게 목적이라고 할까…,

그런 의미에선 테러 단체라고 하는 편이 좋을지도 모르겠습니다만,

아무튼 다른 관점에서 생각해볼 필요가 있을 것 같아서 당신들에게 제안을 하는 것입니다."

"…흐음…."

나는 모호하게 맞장구를 쳤다.

솔직히 말해,

노자도 아직 넉넉해서 귀찮은 의뢰를 맡는 건 싫었다.

며칠간 호위를 해달라든지, 적의 아지트를 박살 내달라든지 하는 의뢰라면 이야기는 빠르다.

하지만 방금 들은 것처럼 정체가 분명치 않은 녀석들을 어떻게 해달라고 하는 것은 경우에 따라선 오래 걸릴 가능성이 있다.

가령 의뢰를 맡았을 때,

적들이 정면에서 쳐들어와준다면 공격주문 큰 것 한 방으로 끝난다.

반면에,

의뢰를 맡은 것까지는 좋았지만 적들이 마을을 포기하고 다른 곳으로 이동해버린다면 오랫동안 하염없이 기다리고 있어야 한다.

뭐 이쪽도 그렇게 서둘러야 되는 여행은 아니지만….

견문을 넓히고 오라는 고향 언니의 말에 정처 없는 여행을 훌쩍 떠났던 것인데,

정~~~말 여러 가지 일들이 있었기에, 일단 한 번 고향에 돌아가기로 하고 여행 도중에 만난 길동무 가우리와 함께 고향인 제피리아 왕국의 수도 제피리아 시티로 돌아가는 도중이었다.

그래서 무언가의 용건으로 며칠간 머무는 것 자체는 상관없지만… 오지도 않는 적들을 기다리며 세월아 네월아 하는 것은 아무리 그래도 싫다.

뭐, 이 아텟사 마을도 제피리아에 속하니까 같은 나라 국민으로

서 모른 척하는 것도 좀 꺼려지긴 하다. 하지만 굳이 나와 가우리가 나서지 않아도 자경단만 제 기능을 한다면 해결될 일 아닐까 하는 생각이 드는데….

"네…?! 그럼 저는 별 도움이 안 된다는 말씀인가요…?!"

늠름하게 울려 퍼진 그 목소리에는 분명하게 느껴질 만큼 강한 분노가 서려 있었다.

소리가 난 쪽을 돌아보니 떨어진 자리에 앉아 있던 손님 중 하나가 천천히 일어서고 있었다.

움직이기 쉬워 보이는 갈색 상의와 바지, 깊숙이 눌러쓴 큼직한 마린 캡은 회색으로 언뜻 수수한 차림이지만, 그것을 착용하고 있는 그녀 자신은 어깨까지 내려오는 비단결 같은 금발과, 남자가 아니어도 무심코 돌아보게 만드는 빛나는 미모를 가지고 있었다.

겉모습만 보면 스무 살이 될까 말까 한 나이일 것이다. 물론… 그녀가 인간이라면 그렇다는 이야기.

모자 밑으로 엿보이는 뾰족하고 큰 귀가 그녀의 정체를 말해주고 있었다.

엘프….

사람보다 훨씬 강한 마력과 긴 수명을 가지고 자연과 더불어 사는 이들. 나도 지금까지 엘프와 교류한 적이 몇 번 있고, 함께 공통의 적과 맞서 싸운 적도 있다.

기본적으로 인간의 일에 관여하는 경우는 많지 않은 걸로 아는데, 그녀의 말투로 보면 용병으로 이 마을에 고용되어 있는 모양이다.

"아뇨, 아뇨, 물론 그런 건 아닙니다. 숲에 대한 것은 아라이나 씨에게 맡기는 게 제일이거든요."

마크라일 씨의 말에 아라이나라 불린 여성 엘프는 분노로 얼굴을 붉히며,

"그럼 굳이 이 사람들을 고용할 의미 따위는 없잖아요!"

"의미는 있습니다. 자경단과 다른 시점을 가지고 움직이는 사람이 늘어나면 그만큼 선택의 폭도 늘어나니 말이죠.

숲에 대해 잘 아는 아라이나 씨, 그리고 산전수전 다 겪으신 듯한 이 두 분."

"산전수전? 이 두 사람이요?!"

그녀는 이쪽에 눈길도 주지 않고 내뱉듯 말했다.

"차림만 그럴듯하지 그냥 검사와 마법사 놀이를 하고 있는 어린애들로밖에 안 보이는데요?"

어린애들…?!

"야, 거기 너!"

그 말만은 도저히 간과할 수 없어서 나는 언성을 높였다.

"차림만?! 어린애라고?!

아저씨에 대한 불평과 가우리에 대한 험담은 아무래도 상관없지만, 나에 대한 모욕만은 절대 용서 못 해!"

"너, 또 그런 인간적으로 문제가 있는 발언을 그렇게 당당하게 …."

가우리가 옆에서 어이가 없다는 듯 투덜댔지만 그건 무시.

내 말에도 여전히 이쪽을 돌아보지 않던 아라이나는 곧 안색을 바꾸고 별안간 성큼성큼 걷기 시작했다.

한판 붙을 것을 예상하고 나도 자리에서 일어섰지만, 그녀는 이쪽이 아니라 카운터 안쪽에 있는 마크라일 씨 쪽으로 다가가서 무언가 작게 소곤대기 시작했다.

마크라일 씨는 잠시 그 말을 듣고 나서 내 쪽으로 몸을 돌리고,

"'죄송해요. 그럴 의도는 없었어요' 라는군요."

"네?"

의미를 알 수 없어서 미간을 좁히는 나에게 마크라일 씨는 쓰게 웃으며,

"아, 아라이나 씨는 낯가림이 극도로 심하지만 한번 친해지면 강하게 나가는 성격이라서요."

"우와, 무지 성가신 성격?!"

확실히 그런 타입의 녀석이 있긴 하지만!

"…혹시 그거야? 낯가림이 심하니까 초면인 우리와 함께 행동하면 의견 교환이 잘될지 어떨지 알 수 없어서 싫다는…?"

내 지적에 아라이나가 마크라일 씨를 향해 고개를 끄덕이기도 하고 젓기도 하면서 무언가 이것저것 소곤댔고, 이윽고 마크라일 씨는 우리에게 시선을 돌리고 말했다.

"굉장히 필사적으로 부정하고 있군요."

"정곡을 찔린 거냐?!"

…마을을 지키고 있는 게 건달 같은 자경단과 낯가림이 심한 엘프라니…. 이 마을… 글러먹은 거 아닌가…?

슬슬 걱정이 되기 시작했을 무렵 마크라일 씨가 말했다.

"뭐 여행자분들을 언제까지고 붙들어둘 수는 없으니 이런 건 어떻습니까?

일단 열흘간 단기 계약을 하되, 그동안에 큰 성과를 거둔다든지 해결에 큰 도움을 주신다면 보너스를 듬뿍 드리는 걸로 하고, 열흘 후에도 진전이 없다면 그때 다시 협의하는 걸로….."

그런 그에게 아라이나가 무언가 필사적으로 항의했지만 마크라일 씨는 눈썹 하나 까딱하지 않았다.

—흠….

아무 일도 안 일어나면 의뢰료를 싸게 후려칠 가능성이 있지만 이쪽도 오랫동안 구속되지 않아도 된다는 장점이 있다.

그렇다면….

나는 가우리에게 작게 고개를 끄덕여 보이고 나서 마크라일 씨가 있는 곳으로 다가가,

"OK. 그런 조건이라면 테스트 삼아 일단 열흘간만 계약하도록 하죠."

그렇게 말하고 카운터 너머로 손을 내밀었다.

마크라일 씨는 손을 내민 나와 악수한 후,

"고맙습니다.

아, 소개가 늦었군요.

저는 진 마크라일이라고 합니다. 이 '실버 리프 인'의 주인이고 마을 자경단도 지휘하고 있지요."

그렇군. 그래서 란다가 꼼짝 못 했던 건가.

"나는 가우리야."

짧은 가우리의 자기소개에 이어….

"내 이름은 리나,

리나 인버스. 보시다시피 마법사예요."

그렇게 이름을 밝힌 나는 곧바로 상세한 의뢰료의 교섭에 들어갔다.

마을 주위는 온통 숲이었다.

불어오는 바람에서 느껴지는 새들의 지저귐과 생명의 기척.

하지만 일단 시선을 다른 데로 돌리면 마을 전체를 빙 둘러싸고 있는 사람 키보다 높은 석벽.

지금은 안정되었지만 과거엔 이 마을을 두고 제피리아와 세이룬이 충돌을 일으킨 적도 있어서 튼튼한 벽은 그 흔적이라고 한다.

물론 숲에 사는 곰과 멧돼지, 그리고 가끔씩 배회하는 고블린들의 침입을 막는 데도 일조하고 있다. 이건 방금 전 마크라일 씨에게서 들은 이야기지만.

길도 없는 숲 속을 걷는 나와 가우리의 모습은 언뜻 평범한 산책 중인 것처럼 보이겠지만 물론 아니다. 주위 지형을 파악하기 위해 마을 밖을 둘러보고 있는 것이다.

"기억나?"

숲 속이긴 하지만 우거진 수풀은 별로 없어서 걸어 다니는 데 그리 불편하진 않다. 길을 걸으면서 나는 물었다.

물론 옆에서 걷는 가우리에게다.

"우리가 이 마을에 왔을 때… 어딘가에서 누군가가 우리를 보고 있었어."

"음…, 그런 낌새가 있긴 했지. 살기 같은 건 느껴지지 않았고 너도 그냥 무시하길래 나도 아무 말 안 했지만."

역시 가우리도 눈치채고 있었나?

"도적이란 느낌은 아니었지?"

"확실히 조금 다르긴 했군."

가우리도 나와 같은 의견인 모양이다.

─기척 같은 모호한 걸로 뭘 알 수 있는 거냐고 의문을 품는 사람도 있을 수 있겠지만 실제로 어느 정도 알 수 있는 걸 어떡하랴.

물론 그렇게 생각했는데 착각이었더라 하는 일도 가끔 있지만, 이번에 관해선 나와 가우리 두 사람이 모두 같은 의견이니 아마 틀림없을 것이다.

"하지만 마을에 못된 짓을 하고 있는 녀석들이 아닐 가능성은 별로 없을 텐데… 우-웅…."

중얼거리는 내 모습에 가우리는 조금 놀란 듯한 얼굴로,

"너치고는 웬일로 신중하네. 여느 때라면 도적 같은 거야 일단

날려버리면 된다고 했을 텐데.”

“뭐, 최종적으로는 날려버릴 생각이지만 말야.

하지만 상대가 흔히 볼 수 있는 도적이라면 이미 마을 자경단이 처리했을 텐데,

그러지 못하고 있는 걸 보면 상대 중에 어느 정도 실력자가 있다는 말이잖아.

…그리고….”

“그리고?”

내가 말문을 좀 흐리는 것을 눈치챘는지 가우리가 물었다.

털어놓고 싶진 않지만 사실은 사실이니 분명히 말해둘 필요가 있다.

“전에 비하면 내가 쓸 수 있는 마법이 대폭 줄어들고 말았으니 말야.”

내 말에 가우리는 잠시 생각하는 눈치였지만….

“말해두는데!”

그가 입을 열기 전에 나는 말했다.

“컨디션 문제는 아니야! 지난번 싸움으로 마력을 증폭하는 탤리스먼을 잃어버린 탓에 쓸 수 없게 된 마법이 생긴 것뿐이라고.”

“그렇군.”

가볍게 말하는 가우리.

그렇다.

전에 썼던 마법 중 허무의 칼날을 만들어내는 마법 등은 그 탤

리스먼이 없으면 발동하지 않는다.

주위 일대를 어둠으로 집어삼키는 마법은… 쓰려고 하면 못 쓸 것도 없겠지만 제어하지 못했을 때가 너무 무서워서 가능하다면 쓰고 싶지 않다.

지금은 쓸 수 없게 된 마법을 긴박한 순간에 실수로 사용하려다 실패하는 게 가장 위험한 패턴이다.

그렇게 되지 않기 위해 나는 굳이 쓸 수 있는 마법이 줄어들었다고 선언한 것이다. 가우리에게 사정을 설명하려는 목적도 있지만, 그보다는 입 밖에 냄으로써 나 자신이 그 사실을 재인식하기 위해서.

—물론 알고 보니 이곳 자경단이 무능한 것이었을 뿐 상대는 그냥 평범한 도적이더라 하는 게 가장 속 편할 것이다.

"아무튼 무언가 상대의 단서를 잡을 수 있으면 좋겠는데… 이 부근에 그런 건 없는 것 같네."

나는 말했다.

오솔길밖에 없는 깊은 산속이라면 발자국과 부러진 나뭇가지로 사람이 지나간 흔적을 찾는 것도 가능하지만, 이 부근은 오히려 사람이 출입한 흔적이 너무 많다. 마을 사람들이 땔감이라도 주우러 오는 건지, 아니면 자경단이 나름대로 순찰을 하고 있는 건지 알 수 없지만, 설시 도적들이 이곳을 지난 적이 있었다고 해도 그것을 구별하기란 무리일 터다.

"단서라…."

가우리는 잠시 생각하더니,

"물어보지그래?"

"누구한테?"

"뭐라고 했더라? 저 녀석 말야."

말하고 나서 담담하게 가리키는 곳을 돌아보니 조금 떨어진 나뭇가지 위에서 이쪽을 살피고 있는 그림자 하나.

"아라이나?"

무심코 이름을 부르자 그녀는 움찔 몸을 떨더니 허둥지둥 나무 뒤로 몸을 숨겼다. …나무가 그렇게 굵지 않은 탓에 호리호리한 엘프의 몸으로도 다 숨지 못했지만.

"혹시… 우리를 쭉 미행했던 거야?"

내 질문에 그녀는 침묵.

실토하자면 나는 그녀의 기척을 지금까지 전혀 눈치채지 못했다. 그녀에게 이쪽에 적의가 없다는 것을 감안해도 깜짝 놀랄 만한 일.

엘프는 자연과 더불어 생활하는 존재라는 것을 알고는 있었지만 이렇게까지 완벽하게 숲의 공기에 동화될 줄은 몰랐다.

"무슨 볼일이라도 있어?"

가우리의 물음에도 아라이나는 역시 침묵을 지켰다.

그렇다면,

"뭐, 용건이 없다면 미행 같은 건 하지 않았겠지.

…마크라일 씨가 우리에게 협력을 요청한 게 맘에 안 드는 모양

인데…

　혹시 사람들 눈이 없는 곳에서 우리더러 손을 떼라고 협박할 생각인 거야?"

　시험 삼아 도발해보자 그녀는 나뭇가지에서 소리도 없이 뛰어내렸다.

　―밑에 수풀이 별로 없다고는 해도 이런 거리에서 뛰어내리는 소리가 들리지 않는다는 건 정말 엄청난 착지술이다.

　그녀는 우리에게서 눈을 떼지 않은 채 주머니에서 무언가 작은 뭉치를 꺼내더니 바닥에 내려놓고 가리켰다.

　아까 식당에서는 차고 있지 않았지만 지금의 아라이나는 허리 좌우에 돌돌 만 채찍을 하나씩 차고 있었다.

　그 채찍 중 하나를 오른손에 들고 가볍게 휘두르자 채찍은 물결치듯 그녀의 뒤쪽… 우리에게서 멀어지는 방향에 있는 나뭇가지에 감겼다. 그대로 아라이나가 팔을 당기고 땅을 박차자 그녀의 몸은 채찍에 의해 당겨져서 나뭇가지 위에 사뿐히 착지했다.

　이 일련의 동작도 놀랄 만큼 조용했다. 아무 소리도 안 났다고 할 정도는 아니지만 의식하고 있지 않다면 나뭇잎이 스치는 소리와 새소리에 묻혀버릴 수준.

　…아무튼 무슨 속셈인지는 알 수 없지만….

　나는 이리이나에게서 눈을 떼지 않은 채 그녀가 땅바닥에 내려놓은 무언가로 다가가서 집어 들었다.

　크기는 손안에 쏙 들어올 정도. 무언가가 종이로 감싸여 있다.

양피지보다도 얇은데 아마 식물로 만든 종이인 것 같다.

열어보니 내용물은 작은 나뭇조각. 하지만 이건 그냥 무게 추에 지나지 않고 그걸 싸고 있는 종이가 메인일 것이다. 종이에는 잉크로 쓰인 한 줄의 문장.

《어떻게 말을 걸어야 할지 몰라서요.》

"진짜 성가신 성격이네!"

무심코 소리치고 어이가 없어서 아라이나를 쳐다보니 그녀는 허둥지둥 다시 나무 뒤로 숨으려고 했다.

"…낯가림이 심한 건 알았으니까 조금만 더 노력해서 평범하게 대화할 순 없는 거야?"

라고 묻자 그녀는 옷깃 언저리의 작은 주머니에서 무언가를 꺼내 이쪽으로 던졌다.

아까처럼 작은 종이 뭉치. 펼쳐서 보니 종이에는,

《긴장하면 작은 목소리밖에 안 나와서 무리예요.》

"……."

—이 메모를 지금 쓴 게 아니라 주머니에서 꺼낸 걸 보면 아라이나는 이런 질의응답 패턴의 메시지 메모를 여러 종류 만들어서 여기저기 다른 주머니에 넣어두고 있다는 말이 된다.

진짜 중의 진짜다.

"…아…."

나는 머리를 벅벅 긁으며,

"OK, 아라이나!

그럼 내가 묻고 네가 대답하는 걸로 해. Yes는 엄지 척, No는 손바닥을 펼쳐서 살랑살랑. 그 어느 쪽도 아니라면 손가락을 모으고 손바닥으로 스톱.

이런 식이야. 어때?"

내 제안에 나무 뒤에서 오른손을 뻗어 엄지 척……, 다시 말해 Yes.

귀찮지만 뭐, 좋아.

이 시점에서 이미 상당히 지쳤지만 그건 물론 입 밖에 내지 않고,

"…그러니까 무언가 볼일이 있어서 우리를 미행했는데 계기가 없어서 쭉 말을 못 걸고 있었다는 거지?"

Yes.

"그럼 그 볼일이란 건…."

—어떻게 질문해야 Yes/No만으로 용건을 알아낼 수 있을지… 고민하고 있자니,

아라이나는 다시 무언가를 꺼내서 이쪽으로 던졌다.

아까보다는 큰 뭉치. 펼쳐보니 손으로 그린… 지도?

아텟사 마을로 보이는 일그러진 원. 제피리아, 세이룬, 칼마트 방면 등으로 통하는 길처럼 보이는 선. 길 반대쪽에는 네 개 정도 작은 원이 그려져 있고 어기서기에 작은 ×가 다수 있다.

×표시는 작은 원과 큰 원 사이, 그리고 길을 따라 집중되어 있었다.

"가져도 돼?"

Yes라고 나무 뒤에서 아라이나의 오른손이 대답했다.

"큰 원이 마을이고… 작은 원이 채굴소, ×가 습격당한 지점… 이라고 해석하면 될까?"

다시 Yes.

"고마워! 그런데 어째서 우리에게 지도를?"

식당에서는 우리들의 참가를 꺼리는 듯한 눈치였는데….

"아, 이 질문으로는 Yes/No로 대답하지 못하려나? 그렇다면……."

그때 내 말을 차단하듯 새들이 술렁거렸다.

아라이나는 흠칫! 몸을 떨더니,

숲 저편으로 눈길을 돌리고 자신의 앞쪽에 있는 나뭇가지와 나무줄기에 오른손의 채찍과 왼손의 채찍을 번갈아 휘감아서 나무 사이를 이동하기 시작했다.

"무슨 일인가 생긴 모양이군."

그렇게 말하고 달려 나가려 하는 가우리를,

"잠깐만!"

나는 곧바로 제지했다.

그동안에도 아라이나는 숲 저편으로 계속 나아갔다. 그 속도는 명백히 땅에서 달리는 것보다 빠르다.

그녀가 가는 방향을 보건대 향하고 있는 곳은 채굴소 중 하나일 것이다. 새들이 술렁인 위치로 그쪽 채굴소에서 무슨 일인가 생겼다고 판단한 것이겠지만….

"이쪽이야!"

그렇게 말하고 나는 아라이나가 향한 곳과는 거의 반대쪽을 향해 달리기 시작했다.

가우리도 나와 함께 달리며,

"어째서 이쪽인 거지?!"

"감이야!"

설명하기 귀찮아서 그렇게 말했지만 근거가 있긴 하다.

만약 채굴소에서 무슨 일인가가 일어났고, 그게 지금까지 마을에 못된 짓을 했던 녀석들의 소행이라고 하면, 지금 그곳으로 달려가봤자 만날 수는 없을 것이다. 아무튼 상대는 지금까지 자경단을 번번이 따돌려왔으니.

우리가 지금 향하는 곳은 이 마을에 처음 왔을 때 나와 가우리를 누군가가 지켜봤던 곳.

타이밍으로 보건대 채굴소를 습격하러 가던 녀석들이 우연히 우리를 발견한 게 아닐까… 생각한 것이다.

그렇다면 돌아갈 때에도 비슷한 장소를 통과할 가능성이 크다.

고속비행 마법을 쓰면 그곳까지 금방 갈 수 있겠지만 숲 속에서는 마법을 잘 제어하기 힘드니 나무와 충돌할 우려가 있다. 그렇다고 고도를 높이기 위해 나무들 위로 나가면 그만큼 스피드가 떨어지는데다 상대에게도 존재를 들키고 만다. 그래서 어쩔 수 없이 나와 가우리는 나무들 사이를 빠르게 달릴 수밖에 없었다.

그렇게 얼마나 달렸을까.

"리나."

가우리가 작게 소리쳤다.

"있어."

나는 속도를 늦추면서 가우리의 시선이 향한 곳으로 눈길을 돌렸다.

나뭇가지 사이로 새어든 햇살이 이끼와 잡초로 덮인 땅을 드문 드문 밝히고 있지만, 빛이 너무 약한 탓에 나무 그늘 안쪽은 짙은 어둠 속에 잠겨 있다.

사람의 모습 같은 건 보이지 않지만, 그러고 보니 기척이라고 부를 수도 없는 희미한 위화감 같은 게 느껴진다.

무엇보다도.

가우리가 있다고 말하고 있다. 그렇다면 틀림없다.

두 사람은 누가 먼저랄 것도 없이 발길을 멈추고,

"다들 수고가 많아! 아까도 만났었지?"

내가 그렇게 말하자,

주위의 분위기가 변했다.

아마 상대는 아까든 지금이든 우리가 눈치챘을 줄은 몰랐던 것이리라.

"너희가 단순한 도적이 아니라는 건 알고 있어. 하지만 아텟사에 못된 짓을 계속하고 있는 걸 보면… 혹시 진짜 목적은 그것이야?"

그것… 이라는 건 딱히 무언가를 지칭하는 게 아니라,

그냥 떠보기 위해 한 말이다.

의미심장하게 말하고는 있지만 솔직히 짚이는 건 아무것도 없다.

하지만 상대는 내 말에서 세 가지 가능성을 고려해야 한다.

첫 번째는 내 말이 단순한 허세라는 것.

두 번째는 내가 그들의 목적을 알고 있다는 것.

세 번째는 내가 그들이 모르는 것을 알고 있고, 그게 목적인 걸로 착각하고 있다는 것.

상대의 입장에서 첫 번째라면 그냥 무시하는 편이 좋다. 두 번째 역시 무시해도 상관없다. 하지만 세 번째일 경우 어떤 영향이 생길지 알 수 없다.

"무슨 소리냐…?"

세 번째 가능성을 간과하지 못했는지 이윽고 울려 퍼진 남자의 목소리.

좋아! 미끼를 물었다!

숲의 어둠이 흔들리더니 떠오른 것은 다섯 개의 사람 그림자.

─그렇군. 안 보일 만도 했다.

거뭇거뭇한 녹색 상의와 바지. 곳곳을 모래색 천과 끈으로 묶었고 얼굴에도 비슷한 천 조각을 감아 눈만 내보이고 있다. 피부가 드러난 부분 따윈 없고 아주 약간 보이는 눈언저리에도 풀 즙인지 진흙인지를 발라놓았을 만큼 철저하다. 이 정도라면 수풀 뒤에서 움직이지 않고 가만히 있기만 해도 금방은 눈에 띄지 않는다.

연령과 성별조차 알 수 없는, 녹색에 녹아든 그 모습. 그게 다섯 명…. 아니, 어쩌면 이들 말고 몇 명 더 숨어 있을지 모른다.

"뭘 알고 있는 거냐?"

입을 연 것은 이쪽에서 보아 가장 오른쪽에 있는 상대. 목소리는 남자지만 원래 목소리인지, 가성인지는 알 수 없다.

"너도 잘 알잖아?"

그렇게 말하며 떠보는 나.

"말해라."

"질문하는 사람의 태도가 아니네. 금화 백 닢 정도는 바치면서 '제발 가르쳐주십시오. 부탁드립니다' 하고 고개를 숙이면…."

내 말을 끊고,

왼쪽에 있는 다른 한 명이 오른손 손바닥을 내밀고 열 개 가까운 플레어 애로를 만들어냈다!

이야기를 하는 동안 몰래 주문을 외우고 있었던 건가?

보는 것처럼 공격주문인데, 여러 개의 불꽃 화살을 만들어서 날리는 마법으로 술자의 역량이 올라가면 만들어낼 수 있는 화살 수도 늘어난다.

나와 가우리는 잽싸게 좌우로 몸을 날려서 피했다!

파바바바바밧!

상대가 쏜 플레어 애로는 두 사람 사이의 땅에서 폭발! 풀과 이끼가 불타고 불똥이 튀면서 시야가 차단된다.

가우리와 떨어졌나…?!

연기 저편에서 철과 철이 부딪치는 소리. 가우리가 상대와 칼을 마주치고 있는 모양이다.

그렇다면 나는….

하지만 이쪽이 움직이기도 전에,

하얀 칼날이 번뜩였다.

뒤쪽으로 도약한 나는 허리춤에 있는 검으로 손을 가져가면서 속으로 주문을 외웠다.

연기 너머에서 등장한 누구인지 알 수 없는 상대. 손에 든 한 자루 칼만이 무딘 빛을 내뿜고 있다.

상대가 휘두른 칼을 나는 쇼트 소드를 뽑아 막아냈다.

곧 있으면 내 주문이 완성되지만….

……?

문득 어떤 감각을 느끼는 나.

이건…?

나는 외우고 있던 주문을 중단하고 다른 주문을 외우면서 몸을 돌려 달리기 시작했다.

전력으로 달렸다고 생각했지만 상대는 순식간에 따라왔다.

상대가 날린 무릎차기를 뒤쪽으로 도약해서 피하는 나.

나무를 등지고 얼마긴 상대와 눈싸움을 벌이다가….

단숨에 질주! 쫓아오는 상대에게 완성한 주문을 해방한다!

"라이팅!"

섬광이 어둠침침한 숲 속을 순간적으로 하얗게 물들였다.

본래는 단순한 조명용 술법이지만, 나는 그 주문을 조금 수정해서 효과 시간을 거의 제로로 만드는 대신 밝기를 극도로 올렸다. 똑바로 쳐다봤다간 잠시지만 눈이 멀고 만다.

상대는 빛을 향해 정면으로 돌진하고 있었을 테지만… 내 상상이 맞는다면 효과는 거의 없을 것이다. 나는 달리면서 다음 주문을 외우기 시작했다.

―쉬익….

무언가 바람을 가르는 작은 소리.

그와 동시에 나의 움직임이 멎었다.

돌아보니 내 그림자에 작은 나이프가 꽂혀 있다.

섀도 스냅……. 정신세계 면(아스트랄 사이드)에서 상대방의 움직임을 속박하는 마법이다.

상대의 움직임을 속박한다고 하니 강력하게 들리겠지만 대항책을 알고 있으면 그렇지만도 않다. 이를테면….

"라이팅!"

아까와 똑같은 마법으로 빛을 만들어내서 그림자를 지우면 그 구속은 쉽게 풀린다.

그렇게 다시 상대와 대치했다.

그 순간 ….

삐이이이이익!

손가락 피리 소리가 숲 속에 울려 퍼졌다.

그것을 신호로 상대는 주저 없이 발길을 돌려 숲 속으로 사라졌다.

돌아보니 가우리와 대치하고 있던 녀석들도 퇴각을 시작하고 있었다.

아마 감시하는 녀석이 한 명 더 있었고 그 녀석이 손가락 피리로 철수 지시를 낸 것이리라.

"쫓아갈까?"

조금 떨어진 장소에서 가우리가 물었지만,

"그만두자."

나는 가우리 쪽으로 다가가면서 말했다.

상대는 평범한 도적과는 다르다. 인원수도 불분명하고 숲에도 익숙한 것처럼 보이니 이런 상황에서 무리한 추적은 금물.

"그보다 문제는 녀석들이 어째서 퇴각했는지야."

주위를 둘러보다가… 금방 이유를 이해했다.

길과 가까운 숲에서 등장한 남자 두 명.

물론 아까의 녀석들은 아니다. 튼튼하게 만들어진 은색 갑옷이 수면에 드문드문 비치는 물고기 그림자처럼 나뭇가지 사이로 새어든 햇살을 반사하고 있다.

동일한 장비를 착용하고 있는 것으로 보아 제대로 된 조직의 정규병일 것이다.

"너희는 누구냐! 무엇과 싸우고 있었던 거지?!"

우리 모습을 확인하고 병사 1이 소리쳤다.

─그렇군.

근처를 지나고 있다가 전투 소리를 듣고 상황 확인을 하러 온 건가?

녀석들은 이 병사들의 접근을 알고서 퇴각한 것이다.

"우리는 아텟사 마을에 경비원으로 고용된 사람들이야!"

적의가 없다는 것을 보이기 위해 나는 가볍게 양손을 들어 보이면서 말했다. 가우리도 빼 들고 있던 검을 칼집에 되돌린다.

"적과 마주쳐서 일전을 치르고 있었는데, 너희가 와준 덕분에 녀석들이 도망쳤어!

우리에 대한 건 아텟사에서 확인해보면 알 수 있을 거야!"

병사들은 서로 얼굴을 바라보고 얼마간 소곤소곤 이야기를 나누더니,

"알았다! 하지만 아텟사까지 동행해줘야겠어."

"좋아. …손은 이제 내려도 되지?"

"그건 상관없지만… 이상한 수작은 할 생각 마."

"안 해."

경계하는 병사에게 가벼운 말투로 대답하고 나서 나와 가우리는 병사들을 따라 숲에서 벗어나 길로 나왔다. 그리고….

"우왓?!"

나는 무심코 목소리를 냈다.

그곳에는 수십 명의 병사가 두 병사와 같은 갑옷 차림으로 도열해 있었다. 정연한 대열 중앙에는 똑같은 모양의 호화로운 마차

세 대와 마찬가지로 호화로운 짐마차 두 대.

…생각했던 것보다 대규모네….

그리고 이건….

나는 조금 큰 목소리로,

"혹시 어디서 높은 분이라도 온 거야?"

병사 1에게 그렇게 묻자,

"너희의 신원 확인이 먼저다."

이렇게 얼버무렸다.

하지만,

마차의 작은 창 하나가 열리더니 거기서 불쑥 얼굴을 내민 것은
…….

"리나! 그리고 가우리 오빠도! 목소리를 듣고 혹시나 했는데!"

"오랜만이야!"

"오, 간만에 보네!"

우리가 인사를 나누는 걸 보고 얼이 빠진 표정을 짓는 병사 1.

철컥, 마차 문이 열리더니 흰 예복으로 몸을 감싼 소녀가 모습을 드러냈다.

"스톱! 스톱! 호위 병사들이 곤란해하잖아. 이야기는 마을에 도착한 후에 하기로 해! 아멜리아 씨."

그 기세로 뛰쳐나오려고 하는 그녀를 나는 몸짓으로 제지하며 말했다.

그 말에 아멜리아는,

"그냥 아멜리아라고 불러도 돼요! 리나! 그럼 나중에!"

말하고 나서 싱글벙글한 얼굴로 마차 안으로 들어가는 그녀. 주위 병사들은 다들 아연실색한 표정이다.

이윽고 우리들 옆에 서 있던 병사 1은 갑옷이 삐걱거리듯 어색한 동작으로 이쪽을 멍하니 쳐다보더니,

"…아는 사이…. 아, 아니, 아시는 사이이셨습니까…?"

"뭐 조금."

그렇게 말하고 윙크를 한 번.

마차에서 얼굴을 보인 그녀는 아멜리아 윌 테슬라 세이룬.

이름으로 알 수 있듯 성왕국 세이룬의 어엿한 왕족이다.

실토하자면 나와 가우리는 한때 그녀와 함께 여행을 한 적이 있다. 물론 우리가 그녀의 호위를 맡거나 한 것은 아니다.

아멜리아의 나이는 나보다 조금 아래. 아직 앳된 용모지만 정령마법과 백마법, 그리고 맨손 전투에도 능해서 함께 싸우는 동료로서 동행했었다.

이런저런 일들이 있고 나서, 사건이 일단락된 것을 계기로 그녀는 우리와 헤어져서 세이룬으로 돌아간 것인데,

그런 경위가 있었기에 나와 가우리에게도 세이룬의 왕족 관계자 중에 아는 사람이 몇 명 있다.

병사들의 갑옷에 새겨져 있는 문장으로 그들이 세이룬의 병사인 걸 알았고, 그들의 분위기로 마차에 중요 인물이 타고 있는 것도 예상할 수 있었다.

그래서 어쩌면 알고 있는 사람일 수도 있겠다 싶어서 큰 목소리를 내본 건데 설마 아멜리아가 타고 있었을 줄이야.

이리하여 나와 가우리는 아멜리아를 비롯한 세이룬 일행과 함께 일단 아텟사로 돌아가게 되었다.

대장장이의 마을 아텟사.

꽤 오래전 엄마와 함께 여행하던 도중 들른 적이 있어서 이 마을의 내력은 나도 대충 알고 있다.

큰 숲과 채굴소를 가진 대장장이의 마을이기에 과거엔 이 마을의 소유권을 두고 제피리아와 세이룬 사이에 충돌이 벌어진 시기도 있다고 한다.

당시엔 영주가 있었고 병사들도 다수 있었다고 하지만 양국 간의 관계가 원만해진 지금은 쓸데없는 의심을 피하기 위해 병력을 대폭 삭감하고 경비는 자경단이 맡게 되었다.

그와 더불어 전에 있던 영주는 다른 곳으로 이동했고 지금은 촌장이 이 마을의 대표를 맡고 있다.

…물론 이 촌장도 예전 영주의 혈연이라고 하지만.

그리고 정규 병사가 아예 없는 것은 아니다.

과거의 영주관은 이제 귀빈관으로 쓰이고 있는데 그곳의 관리 명목으로 스무 명 남짓한 제피리아 정규병이 상주하고 있다.

그 제피리아 정규병 두 명이 아텟사 입구에서 세이룬 일행과 우리를 안내한 곳이 이 귀빈관이었다.

귀빈관이라고 해도 여차할 때 방위 거점으로 쓸 생각이었는지 중후하고 견고한 석조 건물로 되어 있어서 디자인은 솔직히 별로다.

정문을 통해 들어간 귀빈관의 현관 앞에는 상주 중인 정규병들과 마을의 높은 분들로 보이는 인물들이 열 명 넘게 쭉 늘어서서 마중을 나와 있었다.

그 안에는 정식 차림을 한 마크라일 씨의 모습도 있었다.

그는 우리의 모습을 보고 눈썹을 약간 치켜 올렸지만 역시 이곳에선 아무 말도 하지 않았다.

전원이 꼿꼿하게 서서 움직이지 않는 가운데, 마부가 선두에 있는 마차 아래쪽에 쓸데없이 장식만 화려한 발판을 놓고 공손하게 문을 열었다.

그곳에서 사뿐사뿐 걸어 나온 것은 물론 아멜리아….

도열한 사람들 사이에서 호오 하고 터지는 작은 감탄의 목소리.

곳곳에 금실과 레이스가 장식된 새하얀 드레스. 심플한 약식의 실버 티아라가 검은 머리에 잘 어울린다.

―전에 함께 여행했을 때에는 좀 더 움직이기 편한 옷을 입고 있었는데 이런 옷을 입고 있으니 진짜 공주님 같은 모습이다. 전에 만났을 때보다 키도 좀 큰 것 같고.

돌비탁으로 된 입구에 내려선 그녀는 높은 분들을 향해 드레스 자락을 가볍게 들어 올려 인사를 한 후,

"아텟사의 여러분, 만나 뵙게 되어서 반갑습니다. 세이룬의 특

사 아멜리아 윌 테슬라 세이룬이라고 해요. 짧은 기간이지만 신세를 지겠습니다."

아멜리아의 인사에 이어 아텟사의 촌장이 자기소개를 시작했다. 자랑 섞인 긴 인사를 늘어놓은 후,

"그럼 저희 귀빈관에서 여행의 피로를 풀도록 하시죠. 지금부터 안내하도록 하겠습니다…. 그런데… 저기…."

그렇게 말하고 함께 있는 나와 가우리를 쳐다보면서,

"거기 두 사람은 누구신지…? 호위병으로는 보이지 않습니다만…."

"친구예요."

아멜리아는 주저 없이 웃으며 말했다.

"숲에서 우연히 재회했는데, 이야기를 들어보니 지금은 이 마을에서 자경단을 돕고 있다는군요. 그동안 쌓인 이야기도 많으니 두 사람을 잠시 빌려도 될까요?"

그렇게 물으니 촌장으로선,

"예, 물론입죠. 부디 그렇게 하십시오."

이렇게 대답할 수밖에 없었다.

─결국.

아멜리아 일행이 방을 배정받자, 저녁에 예정되어 있는 회식 때끼지 우리들은 아멜리아와 이야기를 나눌 수 있게 되었다.

"사실 이번에 제가 제피리아에 특사로서 전하러 온 용건은 두 사람과도 관계가 있는 일이에요."

향차를 한 모금 마시고 한숨 돌린 후 아멜리아는 말했다.

"…음…? 그런 걸 지금 이야기해도 되는 거야?"

무심코 목소리를 낮추고 묻는 나.

—그녀에게 배정된 곳은 비교적 넓은 방이었다.

그나마 이 방은 귀빈관이라고 할 만한 품격을 갖추고 있어서 카펫, 족자, 커다란 테이블과 책상, 천개가 달린 훌륭한 침대 등 제법 화려한 위용을 자랑하고 있었다. …전부 조금씩 낡기는 했지만.

테이블에는 귀빈관 소속의 메이드가 가져온 향차가 3인분 놓여 있고, 자리에 앉아 있는 것은 아멜리아, 나, 가우리 세 사람.

세 사람 외에는 옆에 메이드가 있고, 아멜리아를 수행한 병사들 중 여섯 명은 방 네 귀퉁이와 문 양쪽에 서서 보초를 서고 있다.

여기서 아멜리아가 온 목적을 이야기한다면 당연히 그들도 알게 될 것이다.

그래도 괜찮은가 해서 물은 건데….

"괜찮아요."

아멜리아는 웃는 얼굴로 단언했다.

"오히려 더 많은 사람들에게 알리고 싶을 정도니까요.

이번 전달 사항은 국가 간에 정보를 공유할 필요가 있는… 고위 마족의 존재에 관한 것입니다."

"고위 마족…."

나는 무심코 신음했다.

마족….

새삼 설명할 것도 없겠지만 생명체들의 부정적인 감정을 먹고 살며 이 세계의 멸망을 원하는 자들.

레서 데몬과 브라스 데몬이 유명하지만, 보다 고위직들도 있는 걸로 알려져 있으며 전설과 신화 속에서는 일곱 개로 나뉜 마왕이라 불리는 자와 그 심복인 다섯 명의 마족… 즉 헬마스터(명왕), 카오스 드래곤(마룡왕), 다이너스트(패왕), 그레이터 비스트(수왕), 디프 시(해왕)의 존재가 전해지고 있다.

…그리고 뭐랄까….

나, 가우리, 아멜리아, 그리고 여기에 없는 나머지 한 명이 전에 그 심복 중 한 명인 헬마스터 피브리조를 해치운 경험이 있는 것이다.

—아니, 알아요. 당연히 잘 알고 있다고요.

함부로 그런 소리를 했다간 헛소문이니 사기니 망상이니 하는 소리를 듣는다는 건.

애당초 마법사들 사이에선 마왕과 그 심복의 존재를 의문시하는 목소리까지 있다.

각각의 힘을 빌린 마법은 존재하지만 그것들이 자기 의사를 가진 것이 아니라 막연한 힘의 근원, 혹은 법칙 그 자체라는 해석이다.

그런 깃과 만나서, 너군나나 해지웠다니.

말도 안 된다고 부정하는 것도 무리는 아니다.

…솔직히 말하면 나도 믿어주지 않을 거라 생각하면서도 마법

사 협회에 일단 보고는 해본 적이 있었다.

반응은 뭐… 예상대로.

날아온 것은 의심어린 시선. 게다가 이 경우의 의심은 '진실이냐 거짓이냐'가 아니라 '허풍, 사기, 망상 중 어느 것이지?'이다.

화는 났지만 무리도 아니다. 입장이 반대라면 나도 믿지 못했을 것이다.

그렇기는 해도… 정말로 정말이었다.

"헬마스터 말이지…? 믿어줄 거라고 생각해?"

"고위 마족이 실재하고 그 일각이 무너진 것은 사실이며, 많은 사람들이 알 필요가 있어요."

아멜리아는 말했다.

"하지만 들은 것만으로는 도저히 믿지 못할 테니까 세이룬에서 사정을 설명하고 마법사 협회에 검증을 부탁했습니다."

"검증이라고…? 어떻게?"

"헬마스터의 힘을 빌린 마법을 이제 쓸 수 없게 되었는지를 확인해보면,

적어도 헬마스터라 불린 무언가의 힘에 원천이 있었고, 그것이 이제 사라졌다는 증명을 할 수 있을 거예요.

물론 그렇다고 고위 마족이 자신의 의사를 가지고 사람의 모습으로 행동하다가 누군가에게 타도된 것을 증명하는 것은 아니지만, 더 이상 무조건적으로 부정하기는 힘들겠죠.

이 세계에 어떤 위협이 어떤 형태로 존재하는지,

그것을 보다 많은 사람들이 알아야만 미래를 바꿀 수 있다고 생각하기에 그 검증 자료와 결론을 이렇게 여러 나라에 전하고 다니는 중이랍니다.

―물론 검증에 시간이 꽤 걸린 탓에 시기가 좀 늦어지고 말았지만요."

그렇게 말하고 아멜리아는 웃는 얼굴로,

"사실 좀 걱정했어요. 이렇게 시간을 끄는 사이에 리나 일행이 또 어딘가에서 고위 마족을 해치우거나 하지 않았을까 싶어서. 아하하."

"아하하하하하하하하하."

메마른 웃음으로 얼버무리는 나.

"아하하하하하하하하하."

아멜리아도 함께 한바탕 웃고 나서 웃는 얼굴을 유지한 채,

"리나가 차고 있던 탤리스먼이 사라졌길래 또 무슨 일인가 있었구나 싶었는데 그 웃음을 보니 역시 있었나 보군요."

윽…! 아멜리아 이 녀석! 눈치 챈 건가…?!

꽤 성장했구나!

하지만 이렇게 된 이상 얼버무려봤자 별수 없겠지.

나는 뒷머리를 긁적이면서,

"뭐 그렇지…."

"당당하게 말하지 마세요!"

무슨 까닭인지 큰 소리를 내는 아멜리아의 모습에 나는 조금 당

황하면서,

"아… 아아, 진정해, 아멜리아.

딱히 이쪽에서 싸움을 걸러 간 것도 아니었고… 헬마스터 때와 달리 그것 때문에 쓸 수 없게 된 마법 같은 것도 없으니까 아멜리아의 이번 전달 사항에는 전혀 영향이 없어. 그러니까 그 점은 안심하라고."

"……."

그녀는 잠시 말없이 나를 바라보다가 이윽고 실룩거리는 미소를 지으며,

"그래서? 무슨 짓을 한 거죠? 리나?"

어쩔 수 없이 나는 시선을 다른 데로 돌리면서,

"…아… 뭐, 저기…

다이너스트(패왕) 그라우셰라를 약체화될 때까지 두들겨 팼고… 마왕의 분신 한 명을 조금…."

쿵.

무딘 소리에 시선을 돌려보니 그곳에는 이마로 테이블을 들이박은 채 엎드려 있는 아멜리아의 모습.

"괘… 괜찮아?! 아멜리아."

"…뭐… 일단은요…."

그녀는 비틀비틀 고개를 들고 손가락으로 관자놀이를 억누르면서,

"…그 부분의 이야기는 듣지 않은 걸로… 가 아니라 길어질 것

같으니 나중에 듣기로 하고…

　일단 현재 상황을 확인해두고 싶은데, 숲에서 싸우고 있었던 건 대체 뭐였죠?"

　"음…. 우리들도 오늘 의뢰를 맡은 참이지만…

　아무래도 최근 이 아텟사 마을에 이상한 녀석들이 꼬여서 여러 가지 피해가 생기는 중인 모양이야."

　"…이상한 녀석들이라고요?"

　아멜리아는 어딘지 미심쩍은 눈치.

　"우리에게 의뢰한 사람은 도적이라고 했지만…."

　"그럴 리 없겠죠."

　표정 하나 바꾸지 않고 주저 없이 단언하는 그녀.

　"어째서 그렇게 생각해?"

　"어째서긴요…."

　묻는 나에게 아멜리아는 어리둥절한 표정으로,

　"상대가 몇 명 쓰러져 있었다면 우리 병사가 연행해 왔거나 보고를 했을 텐데, 그런 건 없었어요. 즉 상대의 희생이 제로라는 말인데,

　두 사람과 싸워서 한 명도 쓰러지지 않고 모두 퇴각할 정도의 상대라면 단순한 도적일 리 없겠죠."

　시못 당연한 듯 말했다.

　나는 쓰게 웃으며 작게 어깨를 으쓱하고,

　"뭐, 그 말에는 나도 동의하지만 말야."

나는 옆에 있는 가우리에게 시선을 돌리고,

"가우리, 오늘 숲에서 싸운 녀석들 어땠어?"

"음⋯."

가우리는 잠시 생각하더니 향차를 한 모금 홀짝이고 나서,

"눈에 잘 안 띄는 색깔이었지."

"색깔에 대한 인상을 물은 게 아니라, 싸워보고 어땠냐 하는 거야!"

"오⋯, 그쪽 말이군.

직접 공격한 녀석들 말고도 떨어진 곳에서 나이프를 던져 견제하는 녀석이 있어서 그걸 막는 데도 벅찼었어."

물론 4대1로 싸울 수 있는 가우리도 엄청난 실력이긴 하지만, 여느 때의 그라면 상대의 빈틈을 찾아내서 진형을 무너뜨렸을 것이다. 그러지 못했다는 건 상대가 순식간에 가우리의 역량을 간파하고 그에 맞게 대응했다는 말이 된다.

"4대1이라곤 해도⋯ 너와 대등하게 싸우다니 상당한 녀석들이네⋯."

"그건 좀⋯, 성가시게 되었네요⋯."

우리들의 말을 듣고 아멜리아는 표정을 흐렸다.

해가 서쪽 하늘로 기울어가고 있다.

나와 가우리가 귀빈관을 나선 것은 점심이라 부르기엔 너무 늦고 저녁이라 부르기엔 조금 이른 그런 시간대였다.

아멜리아와의 이야기는 대략적인 정보를 주고받은 시점에서 끝났다.

다이너스트(패왕)와 마왕에 대한 이야기를 하기에는 시간이 부족했고, 이 마을에서 무슨 일이 일어나고 있는지를 이야기하고 싶어도 우리들로선 지식이 부족했다.

잡담거리야 얼마든지 있지만 괜히 오래 눌러앉아 있다가 호위 병사들의 눈총을 받는 것도 좋은 일은 아니다.

그런 까닭에 조금 일찍 나선 것이지만….

"그나저나 이제부터 어떻게 할 거야?"

"음…, 무슨 일인가가 있었던 모양이니 상황 정도는 확인하는 게 좋을 텐데…."

가우리의 물음에 나는 고민했다.

날이 저물 때까지는 아직 시간이 좀 남았지만 지금 마을 밖으로 나가 조사를 하기엔 충분하다고 할 수는 없다.

"OK. 그럼 일단 마크라일 씨가 있는 곳으로 돌아가서…."

"오, 밥인가?"

"밥도 먹겠지만 그전에 듣고 싶은 게 여러 가지 있어."

현재 우리 두 사람의 숙소는 마크라일 씨가 경영하는 실버 리프인.

의뢰를 맡기로 결정했을 때 방도 무료로 주고 식비도 20퍼센트나 깎아준다고 해서 두말없이 숙소로 결정한 거지만, 마크라일 씨가 자경단의 책임자도 맡고 있기에 연락을 전해주기에도 좋다.

여러모로 편리한 거점인 것이다.

―저녁거리를 사기 위한 시간대. 분주하게 길을 가는 사람들의 모습.

먼 곳에서든 가까운 곳에서든 이곳저곳에서 망치 소리가 울려 퍼지고 있는 것은 이곳이 대장장이의 마을이라서일까?

이런 마을에는 보통 시끌벅적한 사람들이 많은 법인데 그런 활기찬 분위기는 별로 없다. 역시 마을을 괴롭히는 녀석들의 존재가 모두의 기분을 가라앉게 하고 있는 건가?

여관으로 돌아가다 문득 떠올리고 나는 다른 곳에 들러 잠깐 장을 보았다.

이윽고 실버 리프 인으로 돌아오자….

"어서 오십시오."

현관을 통과한 두 사람을 맞이한 것은 마크라일 씨의 목소리였다.

저녁 식사를 하기엔 너무 이른 시각이어서인지 1층 식당에 손님의 모습은 없다.

가게에 램프는 아직 밝혀져 있지 않고, 약해져가는 오후의 햇살이 열린 창문을 통해 들어와 낡은 기둥과 의자, 테이블에 그림자를 드리우고 있다.

그런 광경 속에서 마크라일 씨는 카운터 안쪽에 자리 잡고 있었다.

저녁 식사를 위해 재료의 밑손질이라도 하고 있는 것인지, 스튜인지 무언지를 끓이는 냄새가 희미하게 가게 안에 풍기고 있었다.

"기다렸습니다. 이야기는 재미있으셨습니까?"

"그럭저럭요. 자세한 이야기를 하기에는 시간이 없어서 적당한 선에서 끊고 왔지만요.

그러고 보니 마크라일 씨는 저녁 회식에 참가 안 하나요?"

테이블 자리에 앉으면서 묻자 그는 쓰게 웃으며,

"아, 회식에 참가하는 건 마을의 높은 분 몇 명뿐입니다. 아까는 그저 들러리로 참가했던 것뿐이죠.

그나저나 두 분이 세이룬의 왕족과 아는 사이였을 줄은 생각지도 못했군요."

그 말에 나도 쓴웃음을 지으며,

"이쪽도 세이룬의 높은 분이 이 마을에 올 줄은 생각 못 했어요.

자경단을 이끌고 있는 그쪽은 당연히 알고 있었겠지만."

그는 카운터 안쪽에서 무언가 부스럭부스럭 작업을 하면서 별로 미안한 기색도 없이,

"아…, 말씀드리지 못해서 죄송합니다.

말하면 어딘가에서 이야기가 새어나가 마을 전체로 소문이 퍼졌을 테고, 그렇게 되면 녀석들의 귀에도 들어갈 우려가 있었으니 말이죠."

"그렇다면 마을의 정보가 상대에게 고스란히 새어나가고 있다는 건가요?"

"지금까지도 우리의 허를 계속 찌르고 있었으니, 그럴 가능성

을 생각해두는 편이 좋겠죠."

흠, 역시 그 정도의 주의는 하고 있는 건가.

"…그런데, 저기, 마크라일 씨가 '도적'이라 부르고 있는 녀석들 말인데요….

아까 숲에서 만났어요."

"네?!"

얼빠진 목소리를 내는 그에게 가우리가,

"세이룬 사람들을 보고 도망쳐버렸지만 말야."

"자… 자… 잠깐만요."

허둥대고 나서 카운터 밖으로 나왔을 때 그의 손에는 나무 잔이 세 개 들려 있었다. 아무래도 음료수를 준비하고 있었던 모양이다.

그는 우리 앞에 잔을 놓고 비어 있는 자리에 앉더니,

"…만났다면… 도적들과 말입니까?"

"오늘 무슨 일인가 있었죠? 녀석들이 습격했다든지. 그 바로 후에 만난 거니까 다른 패거리일 가능성은 낮을 거예요."

"자세한 이야기를 들려주실 수 있겠습니까? 상대는 어떤 녀석들이었나요?"

"얼굴까지 가리고 있어서 남자인지 여자인지도 알 수 없었지만…."

나는 놓여 있던 잔을 입가로 가져갔다. 참고로 내용물은 사과를 기본으로 한 주스.

적들과의 마주침을 대충 간추려서 설명하고,

"…뭐 이 정도려나요?

하지만 이쪽은 무슨 일인가 일어났구나 하는 것만 알지 실제로 무슨 일이 일어났는지는 모르고 있어요. 그쪽에는 이야기가 들어왔을 테니까 자세한 걸 가르쳐줄래요?"

"이쪽에도 아직 대략적인 내용밖에 들어오지 않았지만,

채굴소 한 곳에서 붕괴 사고가 있었는데 아무래도 공격주문이 쓰인 모양이라 도적… 아니, 테러 단체의 소행이 아닐까 짐작하는 정도로군요.

보고를 듣고서 곧바로 이곳에 있던 자경단을 탐색과 구조 작업에 보냈습니다만 아직 아무도 돌아오지 않아서 자세한 것은…."

딸랑.

마크라일 씨의 말 도중에 도어벨이 울렸다.

일제히 그쪽으로 눈길을 돌려보니 그곳에는….

"아라이나 씨."

마크라일 씨가 이름을 부르자 여자 엘프는 무언가를 말하려… 나와 가우리가 있는 것을 깨닫고 무언가 작게 중얼거린 후 입을 다물었다.

…아마 무언가 말한 것이겠지만 목소리가 너무 작아서 들리지 않았나.

"어서 오세요.

—마침 잘됐군요. 여기로 와서 현장의 상황을 설명해주실 수 있

겠습니까?"

그녀는 잠시 망설이다가 낯선 사람이 던져준 먹이로 다가가는 경계심 많은 길고양이처럼 살금살금 다가오더니, 나와 가우리에게서 눈을 떼지 않은 채 마크라일 씨의 뒤통수에 대고 무언가 속닥거렸다.

"아니, 저기."

아무리 그래도 그건 싫었는지 마크라일 씨는 몸을 돌리고,

"가능하면 모두에게 들리도록 말씀해주십시오."

…흐읍….

아라이나는 동요한 기색으로 작게 숨을 들이마시더니 허둥지둥 주머니 안을 뒤지기 시작했다….

"아, 잠깐만."

말하고 나서 나는 아까 마을에서 구입한 것을 품속에서 꺼냈다.

모르는 사람에겐 조금 큰 동전으로밖에 보이지 않는 것 두 개.

나는 그중 하나에 간단한 주문을 걸고 나서 아라이나에게 내밀었다.

"빌려줄게. 아까 이 마을의 마법사 협회에서 사 온 거야.

레굴루스반이라는 매직 아이템인데, 그쪽에서 이야기한 목소리가 이쪽에도 들리도록 되어 있어.

얼굴을 마주하고 말하기가 힘든 모양인데 이거라면 작은 목소리로 말해도 잘 들릴 거야."

아라이나는 머뭇머뭇 손을 뻗어서… 레굴루스반을 낚아채더니

잔상을 남기고 가까운 테이블 밑으로 숨었다….

《아. 아. 아~. 아~. 오오! 정말 들린다…!》

다른 한 개의 레굴루스반에서 울려 퍼지는 그녀의 목소리.

《인간 나부랭이가 의외로 편리한 도구를 만들었군요…! 이런 게 있다면 진작 좀 줄 것이지….》

"하하하, 아라이나, 갑자기 위세가 등등해진 것 같은데 그렇게 거들먹거리면 목덜미를 붙잡고 눈앞에서 이야기해버린다?"

《…아…, 죄송해요. 저도 모르게 그만…. 저기, 최대한 조심할 테니 눈앞에서 이야기하는 것만은 삼가주세요….》

…으음… 정말 다른 사람과의 거리감이 극단적인 녀석이네….

《그리고… 이거 편리하니까 괜찮으시면 양도해주실래요? 물론 돈은 낼 테니까.》

"흠…."

실비로 양도할지, 아니면 바가지를 씌울지 고민하고 있자니,

"죄송합니다만 그에 대한 교섭은 저에게 맡겨주시겠습니까? 지금은 현장의 상황부터 듣고 싶군요."

마크라일 씨가 끼어들었다.

"아, 네. 그러세요."

내가 고개를 끄덕이자 그는 아라이나에게,

"현장에 나녀왔을 ᅌᅵ라 생각합니다다만 어떤 상황이었습니까?"

그 물음에 아라이나는 유창하게,

《사건이 일어난 현장은 제2채굴소로, 낙반 사고였습니다. 부상

자는 있었지만 사망자와 행방불명자는 없었습니다.

보고를 위해 저는 먼저 복귀했지만 란다의 지시 하에 자경단 여러분이 구호를 돕고 있습니다. 구조와 치료는 밤이 되기 전에 끝날 것 같습니다만 채굴소 복구에는 빨라도 며칠은 필요할 전망입니다.

그리고 상황과 흔적으로 보건대 베피모스에 간섭하는 마법이 쓰인 것은 명백합니다.》

막힘없이 술술 설명했다.

…보고하고 있는 그녀가 테이블 밑에 숨어 있지 않았다면 조금은 멋있게 보였을지도….

다만 의문점이 하나.

"란다가 누구지?"

"…리나 씨 일행이 맨 처음 때려눕힌 그 녀석입니다."

마크라일 씨가 말했다.

─아, 자경단이라던 그 건달 녀석 말인가? 완전히 잊고 있었네.

하지만… 그런 녀석이 지시하고 있다니… 어지간히 일손이 부족한 건지, 아니면 그래 봬도 그 방면에서는 유능한 건지.

"혹시나 해서 묻는데 낙반을 일으킨 마법을 내부에 있는 사람이 발동시켰을 가능성은 있어?"

이쪽에 내통자가 있을 가능성을 생각해서 묻자,

《없어요.》

그녀는 딱 잘라 말했다.

《마법의 발동 지점을 계산해봤는데 조금 떨어진 외부였습니다.》

"마법의 발동 지점을 계산해봤다고……? 그런 일이 가능한 거야?!"

무심코 나는 소리쳤다.

물론 마법과 상황에 따라선 발동 지점을 알아내는 게 불가능한 건 아니다. 하지만 이번엔 그 마법으로 낙반이 일어났던 것이다. 보통이라면 흔적이고 뭐고 다 묻혀버렸을 거라 생각하는데….

그에 대해 그녀는 대수롭지 않다는 듯한 말투로,

《음?! 베피노스에 대한 간섭 흔적을 보면 쉽게 알 수 있지 않나요?》

"간섭 흔적…?"

들은 적 없는 단어에 미간을 좁히자,

《아, 어쩌면 인간에게는 보이지 않을지도 모르겠군요.》

"엘프에겐 보이는 거야? 그런 게?!"

《눈으로 보는 게 아니라 감각으로 느끼는 거지만 쉽게 알 수 있습니다.》

…아는 사람 중에 엘프도 있지만… 처음 듣는 이야기다. 뭐, 확실히 엘프가 무엇을 어떤 식으로 느끼고 있는지 하는 이야기는 한 적 없었지만….

인간과 엘프는 마력량 등에서 차이가 있다는 것을 알고는 있었지만 '보이는' 세계까지 다를 줄이야….

《다만 결국 도적들은 발견하지 못했군요.》

"아, 그거라면…."

마크라일 씨가 말했다.

"리나 씨 일행이 만났다고 하더군요."

《네…?!》

아라이나는 테이블 밑에서 움찔 몸을 떨더니,

《정말 만났나요? 리나 선배?!》

"그래.

…그보다 어째서 선배 취급이야? 그냥 리나라고 불러."

《이름을 막 불러도 된다는 건 제가 더 위라는 말인 거죠?》

"막 불러도 되지만 선배라고 생각해."

《…아, 네. 죄송합니다….》

인간관계의 거리감을 수정해줘야 하는 게 정말 성가시네!

어째서 어느 쪽이 위인지를 일일이 따지는 건지. 동격이라 생각하면 될 텐데 말야. 하지만 동격이라고 했다간 아라이나가 엄청 기어오를 것 같다는 생각이 무지 든다.

《그래서… 어떤 상대였나요…?》

"인원은 적어도 여섯 명 이상이려나? 온몸을 천으로 덮고 있어서 남자인지 여자인지도 알 수 없었지만."

《그 밖에 무언가 알아낸 건…?》

"전원이 상당한 실력자야. 우리도 결국 놓치고 말았으니까. 다들 도적이라 부르고 있지만 녀석들이 단순한 도적으로는 생각되지 않아."

《……》

"도적이 아니라면 정체가 무엇이고 목적은 뭘까요?"

침묵한 아라이나 대신 마크라일 씨가 물었지만 나는 작게 어깨를 으쓱했다.

"글쎄요, 하나부터 열까지 다 이야기해줄 만큼 친절한 녀석들은 아니었거든요.

도망친 방향이라면 대충 알고 있지만 그쪽에 아지트가 있거나 하지는 않겠죠."

"하지만 이건 커다란 진척입니다. 지금까지는 실마리노 제대로 붙잡지 못했거든요.

내일부터도 두 분께선 부디 힘이 되어주십시오."

"뭐, 노력은 해보겠지만요."

…하지만 이거… 꽤 성가시게 되고 말았네….

아텟사에 온 첫날… 이랄까, 한나절 만에 이 꼴이다.

한숨을 쉬고 싶은 것을 참으면서 나는 사과 주스를 입으로 가져갔다….

대장장이의 마을답게 아텟사의 아침은 빠르다고 할까,

어딘가에서 울려 퍼지는 망치 소리 때문에 일찍 잠에서 깰 수밖에 없었다.

이게 새소리 같은 거라면 개의치 않고 계속 잘 수도 있었겠지만 캉캉거리는 금속음은 너무나 크게 귀를 때렸다.

마을 사람들에게는 익숙한 소리일지 모르겠지만 나로서는 도저히 계속 자고 있을 수 없었다.

어쩔 수 없이 일어나서 1층 식당으로 내려가보니 그곳에는 이미 가우리가 앉아 있었다. 역시 망치 소리에 깬 모양이다.

샐러드, 빵, 베이컨 에그, 매시드 토마토, 미네스트로네 수프, 리소토, 그라탱, 애플파이, 과일, 우유, 주스로 구성된 가벼운 아침을 먹고 나서 식후의 향차로 한숨 돌린다.

후아아아 하고 동시에 하품을 내쉬었을 때,

가게 문에 달린 도어벨이 요란하게 울려 퍼졌다.

"오오, 있다! 여기 있었어!"

잔뜩 조바심을 풍기는 목소리에 눈길을 돌려보니 그곳에는 어딘가에서 본 듯한 느낌이 드는 아저씨가 한 명.

아저씨는 똑바로 이쪽을 쳐다보면서 성큼성큼 다가오더니,

"너희! 아멜리아 공주님과 아는 사이라고 했지?!"

그 말에 비로소 떠올렸다.

이 사람은 어제 귀빈관 앞에서 세이룬 일행을 맞이한 사람들 중 한 명이다.

기억이 맞다면 촌장이었을 터.

"네, 그런데요."

촌장은 가게 안을 두리번두리번 돌아보다가 이쪽 테이블로 달려오더니 목소리를 낮추고,

"…혹시 아멜리아 공주님 여기 안 오셨어…?"

묘한 질문을 했다.

"예. 안 왔는데요…?"

그녀는 세이룬에서 온 특사이다. 호위 병사도 있으니 아무리 우리와 친한 사이라고 해도 쉽게 놀러올 수 있을 리 없다.

…그런 것은 촌장도 잘 알고 있을 텐데 굳이 우리에게 물어보러 왔다는 건….

"…혹시… 사라진 건가요?"

목소리를 낮춘 내 물음에 그의 안색이 돌변했다.

"……."

무언가를 말하려고 입을 벌리려다 마음을 고쳐먹고 다시 다무는 것을 두세 번 반복하고 나서 작게,

"…아무래도 납치된 것 같아…."

…….

"네에에에에에에에?!"

나와 가우리 두 사람이 내지른 큰 목소리가 아침 공기를 뒤흔들었다….

2. 아텟사에 다시 모인 동료들

귀빈관 안팎에는 긴장된 분위기가 감돌고 있었다.

나, 가우리, 마크라일 씨, 촌장.

이쪽의 얼굴을 알고 있을 텐데도 서 있는 병사들이 보내는 시선에는 의심하는 기색이 가득했다.

건물로 들어가 안쪽으로 가는 동안 아무도 입을 열려 하지 않았다.

이윽고 촌장은 어느 방 앞에서 발걸음을 멈췄다.

"자세한 설명을 부탁드릴 수 있겠습니까? 촌장님."

마크라일 씨가 비로소 입을 열었다.

여관에서 여기까지 오는 동안에도 이야기할 시간은 있었지만, 거리 한복판에서 귀빈이 유괴되었을지 모른다는 이야기는 아무리 그래도 할 수 없었다.

그 말에 촌장은 작게 고개를 끄덕여 보이고 눈앞의 문을 노크한 후 대답도 기다리지 않고 문을 열어 젖혔다.

그곳은 어제도 나와 가우리가 안내된 방이었다.

융단, 족자, 큼직한 테이블, 책상, 천개가 달린 화려한 침대.

메이드 몇 명에 병사 여섯 명.

어제와 거의 차이가 없지만 그곳에 아멜리아의 모습만 없다.

"…오늘 아침이 되어서야 공주님이 사라진 걸 안 모양이야."

그렇게 말하는 촌장.

병사와 메이드들을 쭉 둘러보고,

"어젯밤 보초를 선 병사들과 야간 담당 메이드들이 모두 강렬한 졸음을 느끼고 잠이 들어버렸다는군.

…그리고 보니 마법 중에 사람을 잠재우는 게 있다고는 들었는데…."

"'슬리핑' 말이군요."

내가 말했다.

"하지만 그건 기본적으로 신경을 곤두세우고 있는 상대에겐 거의 통하지 않는 걸로 아는데…."

"그럼 우리가 긴장을 풀고 있었다는 거야?!"

항의하는 병사 한 명에게 나는 고개를 가로저으며,

"그게 아니라.

마법 이외의 가능성도 생각할 필요가 있다는 거야.

애초에 이 귀빈관 전체를 아우를 수 있는 슬리핑 마법 따윈 기본적으로 불가능해.

그러니까 이를테면 음식물에 무언가를 넣었다든지, 잠을 촉진하는 약을 공기 중에 뿌렸다든지, 아니면 그것들과 슬리핑 마법을 병용해서 효과를 높였다든지.

그런 것들 중 뭐 짚이는 것 없어?"

라고 묻자 병사들과 메이드들은 서로 시선을 교환했지만⋯ 짚이는 게 없었는지 아무도 질문에 대답하지 않았다.

촌장은 나에게 매달리는 듯한 시선을 던지며,

"아멜리아 공주님이 무언가의 이유로 몰래 빠져나가셨을 가능성은 있을까⋯?"

"뭐⋯, 없겠죠."

그렇게 말하는 나.

아멜리아의 성격이라면 마을에 못된 짓을 일삼는 녀석들의 존재에 정의의 분노를 불사를 수도 있을 것이다. 어쩌면 혼내줄 생각을 했을지도 모른다.

하지만⋯.

그들이 어디 있는지도 모르는데 혼자서 움직여봤자 의미가 없다.

"⋯그렇다면⋯ 역시⋯?"

촌장의 목소리는 점점 작게 사그라졌다.

어쩔 수 없이 내가 그 뒷말을 이어받아 선언했다.

"이 마을을 노리고 있는 녀석들에게 유괴되었다고 생각하는 게 타당하겠죠."

촌장의 안색은 더욱 창백해져서,

"그⋯ 그렇다고 하면 우리가 찾아낼 수밖에 없겠군⋯. 자경단을 동원해서⋯ 아, 맞다. 관청에 있는 녀석들에게도 요청을 하면⋯."

"진정하세요."

나의 타이르는 말에도 촌장은 안절부절 의미 없는 동작을 반복하면서,

"아니, 어떻게 진정하라는 거야! 이대로 가면 나의… 아니, 제피리아와 세이룬의 국제 문제로 비화한다고!"

"아마 어떻게든 될 거예요."

"어떻게든 된다고 해도 아무런… 음? 어떻게든?"

촌장은 두세 번 눈을 깜박이더니,

"되는 거야?!"

"아마도요."

"어떻게?!"

"뭐, 자세한 내용을 여기서 이야기해버리면 계산 밖의 일이 벌어질지도 모르니까 지금 자세한 이야기는 할 수 없지만…."

적당히 둘러대면서 나는 모두를 쭉 돌아보고 말했다.

"기다리는 거예요."

라고.

나뭇가지를 스치는 바람 소리.

화창한 햇살이 비치는 숲.

큰 나무 밑에 앉아 위를 올려다보면 겹쳐서 흔들리는 잎사귀들이 햇빛을 투과시키며 시시각각 표정을 바꾸어간다.

…이게 피크닉 같은 거였다면 최고의 환경이겠지만….

"…그래서 언제까지 기다려야 되지?"

옆에 앉아 있는 가우리의 물음에 나는 즉답했다.

"몰라."

"이봐, 이봐…."

내 무책임한 말에 진절머리를 내면서,

"모두에게는 적당한 말로 둘러대고 왔는데… 정말 어떻게든 되는 거야?"

"적당한 말이라니…. 나름대로 생각이 있다고."

나는 말했다.

오늘 아침 아멜리아의 유괴 소식을 듣고 내가 모두에게 제안한 것은 '여느 때처럼 지내는 것'이었다.

허둥대면 녀석들의 의도대로 되는 것이므로, 자경단은 여느 때처럼 행동하되 무언가의 요구가 올 가능성을 고려해서 제피리아와 세이룬 병사들은 귀빈관에서 대기.

…물론 이런 이야기에 모두가 납득한 건 아니었지만, 내 제안을 부정할 경우, 취할 수 있는 수단은 넓디넓은 숲 속을 아무런 단서도 없이 수색하는 것뿐이다.

아무리 그래도 그건 너무 무모한 짓이라 생각했는지 다들 반신반의하면서도 내 제안을 따르게 된 것이다.

그 뒤 나와 가우리는 점심에 먹을 빵과 음료수를 지참하고 아텟사 마을 밖에 있는 숲 속에서 이렇게 기다리고 있는 것이다.

"이르면 곧, 늦어도 내일 아침까지는 어떻게든 될 거라 생각해."

"생각한다니….

뭐, 네 성격상 여러 가지 것들을 생각하고 있겠지만…."

가우리는 주위를 빙 둘러보고,

"마을이 아니라 꼭 여기서 기다려야 하는 거야?"

그렇게 말하는 가우리의 발밑에는 변색된 풀.

다름 아닌 이곳은 어제 우리가 녀석들과 만나 싸운 장소이다.

"물론 마을일 가능성도 있지만… 역시 이곳일 거라 생각해."

"그렇군."

가우리는 맞장구를 치고…,

대화가 끊겼다.

그렇게 느긋한 시간이 얼마나 지났을까….

"영차."

가우리가 갑자기 일어선 것은 그리 오랜 시간이 지나지 않아서
였다.

숲 안쪽으로 시선을 돌리더니,

"네 말대로 되었네."

그 말에 나도 일어나서 그와 같은 방향으로 시선을 돌린다.

늘어선 나무들 안쪽에서 이쪽으로 다가오는 그림자 두 개. 그중
하나가 이쪽을 향해 잰 길음으로 다가오면서,

"리나! 가우리 오빠!"

소리친 것은 말할 것도 없이 납치된 줄 알았던 아멜리아 본인.

그 뒤에서는 흰 로브와 후드 차림의 인물이 걸어오고 있다.

"어떻게 된 거야? 리나."

고개를 갸우뚱하고 묻는 가우리에게,

"말하자면 길어."

아멜리아 뒤에서 온 흰색 로브가 깊숙이 쓰고 있던 후드를 벗으며 말했다.

후드 밑에서 드러난 것은 파란색 피부에 무기질의 단단한 질감을 가진 단정한 얼굴. 은발로도 보이는 머리카락은 나뭇가지 틈새로 새어든 햇살을 받아 금속질의 광택을 흩뿌리고 있다.

제르가디스 그레이워즈.

처음에는 우리와 적으로 만났던 남자. 후에 여러 가지 일들을 겪고 나서 함께 여행을 하게 된 동료 중 한 명으로, 아멜리아와도 면식이 있다.

"오~, 오랜만이네."

가볍게 손을 들어 인사를 하는 가우리.

"그래, 오랜만이야. 그보다 가우리, 아직도 나를 기억하고 있었네?"

농담조로 묻는 제르에게 가우리는 싹싹하게 웃는 얼굴로,

"무슨 소리야? 기억하고 있는 게 당연하잖아!"

"그렇군. 혹시나 해서 묻는데 내 이름은?"

"물론 기억하고 있지!"

"…그럼 그 이름을 한번 말해봐."

말하는 제르에게 가우리는 머리를 벅벅 긁으면서,

"아니, 그런 건 아무래도 좋잖아."

""""'아무래도 좋잖아'?!""""

너무나 황당한 발언에 무심코 입을 모아 소리치는 세 사람.

이쯤 되자 제르도 조금 초조한 얼굴로,

"아니, 잠깐만, 가우리! 설마 정말로 내 이름을 잊어버린 건 아니겠지?! 기억하고 있는 거 맞지?! 풀 네임까지는 기대 안 해! 최소한 퍼스트 네임, 아니, 약칭이라도 좋으니까!"

필사적이군. 아니, 뭐 기분이 이해 안 되는 건 아니지만.

그에 대해 가우리는 여전히 웃는 얼굴로,

"기억하고 있다니까. 걱정도 팔자네. 알았어, 알았어. 대답하면 되는 거지? 리나가."

"나한테 떠넘기네?!"

"…이건 정말 잊어버린 게 맞군…."

제르의 중얼거림에 서린 깊은 절망의 색채를 느끼고서 가우리는 허둥지둥 손을 저으면서,

"아니, 방금 그건 농담이었어! 정말 기억하고 있다니까. 제르 뭐시기 맞지?"

"뭐야… 기억하고 있었네."

안도한 표성으로 말하는 제르.

…….

"아니, 저기, 제르? '제르 뭐시기'로 만족하는 거야?"

하지만 내 지적에 그는 태연하게,

"당연하지."

"어째서?!"

"생각해봐. 가우리라고. 조금이라도 기억하고 있으면 대단한 거야."

"…아니… 제르가 그걸로 만족한다면 됐지만…

아무튼… 일단 마을로 돌아가자.

이런 곳에서 이야기나 나누고 있을 때가 아니니까."

내 제안에 일행은 아텟사 쪽으로 이동하기 시작했다.

"일단… 뭐가 어떻게 된 건지 전혀 모르겠는데요."

아멜리아가 말했다.

흠, 어디서부터 이야기해야 할까….

"그럼 일단 순서대로 이야기할게….

어제 이 마을을 노리고 있는 녀석들과 잠깐 싸운 적이 있는데, 실은 그때 제르가 있다는 걸 알았어."

그때 얼굴은 전혀 보이지 않았지만, 상대는 전에 내가 처음 제르와 싸웠을 때와 거의 같은 패턴으로 공격했다.

그래서 이쪽도 그때와 비슷하게 행동해서 상대의 정체를 간파했다는 것을 알렸다.

"사신의 봄을 원래대로 되돌릴 방법을 찾기 위해서 녀석들과 함께 다니는 건 아닐까 싶었지…."

"역시 간파하고 있었나."

제르는 작게 어깨를 으쓱했다.

전에 우리와 만나기 전….

그는 적법사라 불린 남자 밑에서 일하고 있다가 힘을 추구한 나머지 적법사의 손에 의해 블로 데몬과 락 골렘의 합성수(키메라)가 되어버렸다.

지금은 인간으로 돌아갈 방법을 찾아 정처 없는 여행을 하고 있기에,

이번에도 그 목적을 위해 녀석들의 조직에 들어간 것이리라.

나는 그렇게 추측하고 여러 가지 것들이 확실해질 때까지 제르에 대해선 아무에게도 이야기하지 않기로 했는데….

"하지만 그럴 때 세이룬에서 특사가 온 거야. 녀석들은 이 기회에 요인을 유괴해서 무언가 요구를 하려던 거였겠지만…."

나는 힐끔 제르 쪽을 보고,

"실제로 유괴하고 나서 보니 제르도 깜짝 놀랐겠지. 하필이면 상대가 아멜리아였으니 말야. 이대로 두면 깨어난 순간 길길이 날뛸 게 뻔했지…."

"실례잖아요!"

아멜리아는 작게 뺨을 부풀리며,

"제가 무슨 고삐 풀린 망아지도 아니고!"

"그럼 묻겠는데,

혹시 깨어나서 보니 자신이 납치되어 있고 주위가 악당투성이라면 어떻게 할 거야?"

"그야 물론!"

내 물음에 그녀는 주먹을 불끈 쥐고,

"정의의 심판을 날려야죠!"

"그게 그 말이잖아…."

진절머리를 내는 제르.

나는 작게 쓴웃음을 지으며,

"여하튼 여러 가지 것들이 허사가 될 것 같다고 느낀 제르는 아멜리아를 구출할 수밖에 없었어.

물론 녀석들은 곧바로 추격해 따라올 테니 곧장 마을로 향하면 따라잡힐 수 있었고 아예 미리 가서 잠복해 있을 가능성도 있었어.

그래서…

내가 거기까지 예측했을 거라는 가정 하에 두 사람만 알고 다른 사람은 추측하기 힘든 장소에서 합류하는 게 좋겠다고 생각한 거야.

즉, 어제 싸웠던 이 장소에서 만나는 게 가장 좋은 거지."

"흠, 그렇게 된 거였군요!"

감탄하는 아멜리아.

"그렇군."

동공 지진을 일으키며 적당히 맞장구를 치는 가우리. 이 녀석, 또 이해를 못 했군.

하지만 거기서 문득 아멜리아는 고개를 갸웃하며,

"하지만 전 어떻게 유괴된 건가요? 보초를 선 병사들도 있었고, 설사 잠들어 있었다고 해도 사악한 낌새를 느꼈다면 상식적으로 바로 잠에서 깼을 텐데."

그런 상식 따윈 없다고 생각하지만, 아멜리아에겐 그게 상식이 겠지. 그래서 굳이 지적하지 않고,

"병사들과 메이드들의 이야기에 따르면 귀빈관 전체가 슬리핑으로 잠들어버렸다고 해. 아멜리아가 깨어나지 못한 것은 아마 그 때문이겠지."

"슬리핑요…?"

아멜리아는 의아하다는 듯 말했다.

그녀는 백마법과 정령마법에 정통해 있다. 당연히 슬리핑의 성질도 잘 알고 있을 테니 나와 똑같은 의문을 품은 것이리라.

"아, 그거라면…."

제르가 무언가를 말하려고 한 그때….

"잠깐만!"

일행의 움직임을 제지하고 나선 것은 가우리였다.

아텟사까지는 아직 거리가 있다. 멀다고 할 정도는 아니지만 나무들이 가리고 있어서 마을을 눈으로 확인할 수는 없다.

이런 곳에서 가우리가 일행을 멈춰 세운 이유는 분명하다.

다들 그 자리에서 발걸음을 멈추고 시선을 나무들 저편으로 돌렸다.

어느 샌가 가우리는 언제든 검을 뽑을 수 있도록 칼자루에 손을

대고 있었다.

얼마 후….

숲의 어둠 속에서 번져 나오듯 등장한 그림자 하나.

거무스름한 녹색 상의와 바지는 어제와 같다. 하지만 모래색 천은 머리카락과 목만 가렸고 얼굴 자체는 드러나 있었다.

제르를 찾기 위해 허둥지둥 뛰쳐나와서 그런 건지, 아니면 더이상 얼굴을 가릴 필요가 없다고 판단한 건지, 그것도 아니면 그 둘 모두인 건지.

단정한 그 얼굴은 남자인지 여자인지 잘 구별할 수 없었지만….

"뭐하는 수작이냐? 제르가디스."

묻는 그 목소리는 어제 나와 이야기를 나눈 남자의 것이었다.

"이 녀석은 나와 아는 사이라서 말이지. 그냥 두고 볼 수 없었을 뿐이야."

제르는 몸짓으로 아멜리아를 가리키면서,

"그리고 이래 봬도 이 녀석은 세이룬의 왕족이라 잘못 건드리면 나라 전체를 적으로 돌리게 돼."

"그래도 상관없어."

남자의 즉답에…,

…후우우….

제르는 깊은 한숨을 내쉬고 나서,

"…예상대로의 대답이로군. 테시아스, 넌 너무 분별이 없어."

"네가 너무 온건한 거야, 제르가디스.

무슨 전문가라도 된 것처럼 매번 미지근한 짓만 골라서 하는 것을 지금까지 체면을 살려준다고 고분고분 따라줬더니 결국 이렇게 되고 만 건가."

—여느 때라면 두 사람이 이야기를 나누고 있는 사이에 옆에서 공격주문으로 테시아스인지 뭔지 하는 녀석을 날려버렸겠지만 이번의 나는 움직이지 않았다.

이야기를 하게 만들어서 정보를 알아내고 싶다는 것도 있지만 무엇보다도 상대의 진용을 모르고 있다는 게 가장 큰 이유이다.

주위 숲에는 누군가의 기척이 희미하게 녹아들어 있다. 하지만 그게 몇 명이고 어디에 있는지 나로서는 알 수 없다.

이런 상황에서 테시아스 한 명을 날려버리는 건 효과가 미미한 데다 다른 녀석들을 자극할 뿐이다.

"그렇기는 해도…."

테시아스는 한숨을 내쉬며,

"너의 멋대로 된 행동은 맘에 안 들지만… 맘에 안 든다는 이유만으로 둘이 싸워서 전력을 낭비하는 것은 무의미한 일이겠지.

그래서 말인데,

우리 제안을 받아들인다면 너와 저 녀석들은 그냥 보내줄 수도 있다."

…얼렐레? 이야기의 흐름이 바뀌었네?

"너치고는 관대한 제안이로군."

경계를 풀지 않은 채 제르는 비꼬듯 말했다.

그에 대해 테시아스는 작게 어깨를 으쓱하고,

"네 녀석을 해치워봤자 우리들의 목적이 달성되는 것은 아니니 말야."

"그래서 조건은?"

"우선 우리를 방해하지 않는 것."

담담하고 차분한 어조로 테시아스는 말했다.

"이건 조건이라기보다 그 이전의 문제겠지.

이 점에 관해선 너희도 이의가 없을 터.

방해는 하겠지만 봐달라는 이야기에 응할 사람 따윈 없을 테니 말야. 아무든 그런 전제하에 이쪽 조건을 이야기할 텐데, 그전에 …."

나뭇잎을 흔드는 바람 소리에 평탄한 테시아스의 목소리가 흐른다.

"제르가디스는 이미 대략적인 사정을 알고 있을 거라 생각하지만 다시 한번 우리들의 목적을 이야기해두지. 오해가 있어선 곤란하고 이쪽 목적을 모르는 상태에서는 너희도 판단을 하기 힘든 부분이 있을 테니까."

가까운 곳과 먼 곳에서 흔들리는 나뭇잎 소리….

그 순간.

바람을 가르는 날카로운 소리를 내며 가우리가 검을 뽑았다!

"무슨 짓을…?!"

크게 뒤로 물러나 언성을 높이는 테시아스의 표정에는 경악의 색채.

"…야! 가우리! 갑자기 왜 그래?!"

단숨에 졸음이 날아간 나는 무심코 소리쳤다.

…졸음이 날아갔다고?

"무슨 짓을 하려고 한 거지?"

테시아스에게 날카로운 시선을 던지며 묻는 가우리에게,

"…설마 눈치를 챌 줄이야…!"

동요를 드러내는 테시아스.

"음…? 어떻게 돌아가고 있는 거죠?"

"아마… 슬리핑 마법일 거야."

당황하는 아멜리아에게 대답한 것은 나였다.

"협상하는 척 이쪽 긴장을 빼놓고, 멀리 떨어진 곳에서 누군가가 슬리핑으로 재우려 한 거겠지…."

그것을 깨달은 가우리가 검을 뽑았고, 그에 의해 생겨난 긴장감 때문에 마법은 효과를 발휘하지 못한 모양이지만… 만약 그게 없었다면 느닷없이 깊은 잠에 빠지진 않더라도 서서히 정신이 몽롱해질 가능성은 있었다.

"긴장을 푼 기억은 없는데 말야…."

그래도 실제로 마법에 걸릴 뻔한 것은 사실이다.

"그런 거였나…? 다들 방심하지 마!"

제르가디스가 말했다.

"상대가 쓰는 마법은 완전히 별개의 것이라고 생각하고 행동하도록 해!

테시아스! 웬일로 점잖게 나서나 했더니… 그런 거라면 교섭은 결렬이다!"

"칫!"

테시아스는 혀를 차더니 크게 뒤로 도약했고, 동시에 그의 뒤에 있는 수풀 속에서 사람 그림자 네 개가 뛰어나왔다.

그리고 울려 퍼지는 바람 소리!

나타난 그림자들이 우리에게 무언가를 던진… 그 순간.

"딤 윈!"

콰아!

나와 제르가 이야기를 나누고 있던 사이에 주문을 외우고 있었는지 아멜리아가 마법을 쏘았다!

강풍을 불게 할 뿐인 마법이다. 하지만 먼 거리에서 던져진 무언가의 궤적을 바꾸는 데는 이것으로 충분.

대부분은 튕겨 날아갔고, 바람을 꿰뚫고 날아온 몇 개는….

카강!

가우리가 칼날을 번뜩이자 튕겨나가서 주위에 힘없이 떨어졌다. 시야 한구석에 들어온 그것들의 모습은 어두운 색깔을 띤 나이프 같은 것.

출현한 네 개의 그림자는 테시아스를 엄호하듯 앞으로 나오더니 이쪽으로 다가오기 시작했다.

나와 제르는 주문을 외웠지만….

"포그르."

테시아스가 한발 앞서 무언가의 마법을 발동시켰다. 내가 모르는 마법인 듯한데….

파앗!

소리와 압력조차 느껴지는 흰색의 무언가가 퍼지며 시야를 가득 채웠다.

안개인가?! 아마 연막으로 쓰려고 발동시킨 마법일 것이다. 테시아스의 모습이 연기로 흐릿해지자….

"플레어 애로!"

제르가 외우고 있던 마법을 쏘았다!

만들어진 십여 개의 불화살이 하얀 안개를 관통….

하지 못했다.

안개가 소용돌이치며 불꽃을 휘감자 소리도 없이 모든 불화살이 사라졌다!

주문의 상호 간섭?!

마법과 마법이 서로 간섭해서 상쇄된 건가?!

하지만 그런 것치고는 안개가 여전히 남아 있다.

"아닛?!"

제르의 경악한 목소리에 겹쳐지듯….

"프리즈 애로!"

이번엔 내가 마법을 쏘았다!

제르가 방금 쏜 플레어 애로의 이른바 얼음 버전!

이번에는 사라지는 일 없이 십여 줄기의 얼음 화살이 테시아스를 향해 날아갔다! 맞으면 냉기에 휩싸여 잘해야 동상, 잘못하면 동결.

어느 쪽이든 확실히 움직임을 무디게 만들 수 있다. 하지만….

"딤 윈."

테시아스가 발동시킨 강풍의 마법에 의해 냉기의 화살은 튕겨 나갔다. ―이 녀석! 주문 영창 속도가 엄청 빠르네!

하지만! 그때는 이미 프리즈 애로의 뒤를 쫓듯 내달린 가우리가 테시아스에게 육박한 뒤였다!

그러나 그가 상대를 사정거리 안에 포착하기 전에….

"지그로스…."

테시아스 뒤에서 다른 누군가의 목소리가 들렸다. 그리고….

아직 희끗희끗한 시야를 몇 줄기 선이 밑에서 위로 가로질렀다!

―뭐지?!

마치 밑에서 찌른 장창 같은 그림자. 하지만 높이 높이 뻗어 올라간 그것들은 이윽고 포물선을 그리면서 우리를 향해 떨어졌다.

《……!》

나, 제르, 아멜리아는 놀란 목소리를 간신히 참으며 달려드는 그것들로부디 몸을 피했다.

시야 한구석에서는 가우리도 그중 하나에 맞을 뻔하자 발을 멈추고 손에 든 검을 휘둘러서 달려든 무언가를 서너 조각으로 절단하는 게 보였다.

밑에서 뻗어 올라온 그것들은 사냥감을 찾으려는 듯 마구잡이로 날뛰고 있다. 창이라기보다는 채찍이나 촉수 같은 것일까? 자세히 보니 그것들은 아까 녀석들이 던졌던 나이프 같은 무언가에서 뻗어 나와 있었다.

나이프를 매개로 해서 마법으로 촉수를 만들어낸 건가?!

또 내가 모르는 마법?!

나는 묘한 위화감을 느꼈다.

물론 나도 이 세상 마법을 모두 다 알고 있는 것은 아니지만… 그렇다고 해도 형태부터 다르다고 할까, 너무 이질적인 느낌이 든다.

하지만 지금은 마법의 정체나 캐고 있을 때가 아니다!

아멜리아가 한 발짝 옆으로 이동하더니,

"에르메키아 란스!"

마법이 날아간 곳은 테시아스!

하지만 테시아스도 얌전히 맞아줄 생각은 없는지 크게 뒤로 물러나 손쉽게 피해냈다.

마법은 뒤로 피한 테시아스 앞을 그대로 통과해서… 그 뒤에 있는 사람 그림자 중 하나에 박혔다!

아멜리아가 위치를 약간 변경한 이유가 이것이다.

두 사람을 동일선상에 두고 마법을 날리면 설사 테시아스가 몸을 피하더라도 그 뒤에 있는 다른 누군가를 노릴 수 있다. 게다가 그 상대는 테시아스 때문에 시야가 가려서 맞기 직전까지 마법의 궤도가 보이지 않는다.

직격을 맞은 그림자는 흔들리다가 옆으로 기울더니….

소리도 없이 산산이 흩어졌다!

"어?!"

아멜리아가 놀라 소리쳤다.

그녀가 방금 쏜 것은 상대의 정신에 대미지를 입히는 마법. 사람이 맞으면 상처를 입는 일 없이 보통은 정신을 잃는다.

당연히 맞은 사람이 산산조각 나는 마법 따위가 아닌 것이다.

테시아스는 계속 뒤로 물러나면서 가우리와 거리를 벌렸고, 그 대신 남은 세 개의 그림자가 앞으로 나왔다.

그때 나의 다음 마법이 발동!

"블래스트 애시!"

쿠웅!

낮게 울려 퍼지는 소리와 함께 만들어진 검은 구체가 집어삼킨 것은 테시아스 일당이 아니라 조금 떨어진 곳에 있었던 나무줄기.

검은 구체는 사람 무릎 높이 정도에서 퍼지다 사라지면서 구체가 있었던 부분을 통째로 지워버렸다.

지탱할 곳을 잃어버린 나무는 기울다가….

우직! 우지직! 콰아아아!

커다란 소리와 함께 쓰러진 곳은 이쪽으로 접근하던 세 개의 그림자 쪽!

그림자들이 허둥지둥 몸을 피하면 각개격파… 할 생각이었는데….

그들은 피하는 낌새조차 보이지 않고 그대로 나무 밑에 깔렸고… 그 상태에서 스윽 미끄러져 나와 다시 인간 같은 형태를 띠더니 아무 일도 없었다는 듯 다시 전진하기 시작했다!

ー뭐지?!

물론 이런 움직임을 보이는 게 일반적인 사람일 리 없다.

최악의 경우 그 정체는 순마족.

정신생명체인 순마족이라면 정신에 대미지를 입히는 마법에 산산조각이 난 것도 설명이 되고, 나무에 깔린 것에 아무런 타격을 안 입은 것도 설명이 된다.

하지만 나도 순마족과 싸운 적이 몇 번 있지만 그것과는 낌새랄까, 분위기가 다르다.

아무튼 그것들이 인간이 아니라는 걸 모두가 깨달은 순간,

"올그로즈."

누군가의 목소리와 함께 이번엔 세 개의 그림자에서 무수한 촉수가 뻗어 나왔다.

다 피해낼 수 있는 숫자와 밀도가 아니다!

하지만!

제르가디스가 그 자리에 무릎을 꿇고 한 손을 땅에 갖다대면서,

"다그 하우트!"

주문에 호응해서 대지가 움직였다!

평평한 지면이 순식간에 대지의 창으로 편해 하늘을 찌른다!

발동한 장소는 우리와 그림자 사이! 대지의 창이 둘 사이를 격리하는 울타리가 되어 날아온 촉수 대부분을 막아냈다!

대지의 정령 베히모스에 간섭해서 주위에 있는 땅을 제어하는 마법이다. 원래는 공격에 쓸 생각이었지만 위급해지자 방어용으로 돌린 모양이다.

날아온 촉수 대부분은 대지의 창에 의해 찢기고 휘말렸다. 그래도 몇 개는 통과했지만 숫자가 크게 줄어들어서 그것들을 피해내는 것은 별로 어렵지 않았다.

가우리와 제르가 촉수를 검으로 베어내고 아멜리아가 몸을 피하는 것을 시야 한구석으로 확인하면서 나는 칼집째 쇼트 소드를 떼어내서 달려드는 촉수 하나를 쳐냈다.

가까이서 보고 알았지만 질감은 동물이라기보다 식물 같다. 그렇다면 촉수라기보다 덩굴 같은 것인가?

테시아스 일당과 우리들 사이에는 대지의 창으로 된 울타리가 생긴 거나 마찬가지 상황이다. 이것으로 상대의 움직임은 제한했지만 이쪽도 똑바로 전진할 수 없다.

"왼쪽으로 달려!"

나의 외침에 일동은 일제히 왼쪽으로 달리기 시작했다.

덩굴을 닐렀년 ᆫ님사늘노 이쪽을 뒤쫓듯 우회해 다가왔지만
…….

"에르메키아 란스!"

아멜리아가 아까 쏘았던 것과 같은 마법으로 쫓아오는 그림자 하나를 격파했다! 그래도 남은 두 개의 그림자는 겁먹지 않고 여전한 페이스로 접근하고 있다.

한편 테시아스는 추격할 낌새를 보이지 않아서 그 모습이 안개 너머로 희미하게 묻혀 이제는 보이지 않는다.

퇴각한 거라면 상관없다. 테시아스 일당을 여기서 해치운다면 말 그대로 대성공이겠지만 지금 우리의 목적은 아멜리아를 마을까지 무사히 데려가는 것이다.

그렇게 크게 우회하듯 이동하고 있자니….

—살기가 뿜어 나왔다.

그 바로 뒤에 바람을 가르는 소리가 왼쪽에서 들렸다.

화살인가?!

그렇게 깨달았을 때에는….

카앙!

내가 반응하기도 전에 앞을 막아선 가우리가 날아온 화살을 검으로 이미 떨구어내고 있었다.

노린 건 나였던 것 같다. 가우리의 엄호가 없었다면 과연 피해낼 수 있었을지….

아마 테시아스와는 별개로 옆에서 대기하던 궁수가 있었던 모양이다.

하지만 안개로 이렇게 시야가 안 좋은 상황에서 어떻게 이쪽을 노릴 수 있었던 거지? 역시 이번 싸움은 뭔가 여러모로 평소와는 다르다.

그래도 지금은 이곳을 빠져나가는 것에 집중하는 수밖에!

제르가 에르메키아 란스로 추적하는 그림자를 하나 더 격파하는 것을 곁눈질로 확인하고 나는 주문을 외웠다.

"파이어 볼!"

목표는 당연히 화살이 날아왔던 방향!

이 마법은 허공을 가르고 날아가 무언가에 접촉하면 폭발해서 주위에 불꽃을 흩뿌리는 성질을 가지고 있다.

사수의 모습은 보이지 않지만 가까운 곳에서 폭발하는 것만으로 충분한 견제가 될 터…

였다.

하지만.

만들어진 빛의 구슬은 표적을 향해 날아가기도 전에 주위 안개에 휘말려서 사라지고 말았다!

—오싹.

내 등에 오한이 일었다.

깨달은 것이다.

하얀 안개의 정체를.

단순히 시야를 차단하기 위한 연막이 아니다. 아까 제르의 마법을 지운 것도 우연히 주문의 상호 간섭이 일어나서가 아니었다.

이것은….

화염계 마법의 발동을 막는 마법이다.

시야 맑기의 저하는 아마도 단순한 부산물.

하지만 그런 일이 가능한 건가?

아까 제르는 상대가 쓰는 마법이 완전히 별개의 것이라고 했지만 아무리 그래도 이건….

다시 살기! 궁수가 다시 나를 노리고 있다.

그때.

가우리가 검을 왼손으로 고쳐 잡고 오른손을 휘두르자….

"컥!"

비명은 궁수가 숨어 있는 쪽에서 터졌다.

—아닛?

"맞힌 거야?!"

무슨 일이 일어난 건지 깨닫고 놀라 소리치는 나.

아마 가우리가 돌멩이나 단검을 상대에게 던져 맞힌 것이겠지만….

터무니없다.

상대는 안개에 가려서 모습조차 보이지 않았던 것이다. 하물며 화살의 비거리와 투척의 비거리는 전혀 다르다.

하지만 가우리는 대수롭지 않다는 듯 말했다.

"맞은 것 같네."

"그런 일이 가능한가요?!"

아멜리아도 놀라 소리쳤지만 역시 그는 담담한 어조로,

"나야 뭐 화살이 날아온 쪽으로 던졌을 뿐이라서."

아니, 아니, 아니, 아니.

가우리가 검사로서 초일류라는 것은 알고 있었지만 아무리 그래도 이번엔 좀 놀랐다.

—물론 우리들 이상으로 상대도 놀랐겠지만.

이제 이 기회를 어찌어찌 잘 살린다면….

그렇게 생각한 순간.

갑자기 전혀 아무런 전조도 없이,

안개가… 사라졌다.

단숨에 시야가 명료해진다.

"아닛?!"

테시아스가 놀라 소리쳤다.

안개가 걷히자 대지의 창과 거기에 감겨 있는 녹색 덩굴이 보였고, 여전히 쫓아오고 있는 사람 그림자, 그리고 상당한 거리를 두고 떨어져 있는 테시아스의 모습이 보였다.

"어떻게 한 거냐?!"

초조한 기색을 보이는 테시아스에게 나는 여유 있는 표정으로 입가에 미소조차 떠올리고,

"가르쳐줄 거라 생각해?"

여유롭게 응수했다.

—솔직히 나도 안개가 왜 걷혔는지 전혀 모르지만, 지금은 허세를 부려야 될 대목이다.

그 타이밍에,

"에르메키아 란스!"

제르의 마법이 여전히 쫓아오고 있던 사람 그림자에 박혔다!

그 순간….

촤악!

그림자는 순식간에 흩어져서 무수한 나뭇잎과 얽혀 있는 덩굴로 변했다!

이건… 식물을 마력으로 조종하는, 이른바 플랜트 골렘이라고 해야 할까?

—나무로 된 우드 골렘의 존재는 알고 있었지만 나뭇잎과 덩굴의 집합체는 처음 본다.

"테시아스! 퇴각한다!"

목소리는 궁수가 있었던 것으로 짐작되는 곳에서 났다. 그쪽으로 시선을 돌려보니 그곳에는 그저 숲이 이어져 있을 뿐. 어지간히 잘 위장하고 있는 건지, 아니면 무언가의 뒤에 숨어 있는 건지.

"칫!"

테시아스는 혀를 한 번 차고는 잽싸게 가까운 나무 뒤로 이동했다.

"놓칠 것 같아?!"

나는 크게 소리쳤지만… 물론 뒤쫓지 않았다.

여기서 그냥 보내주면 이쪽도 여유가 없다는 걸 자백하는 꼴이 된다. 그래서 말뿐으로라도 허세를 부려 우리가 유리한 것처럼 꾸민 것이다.

다른 모두도 내 방식은 잘 알고 있기에 의도를 간파하고 움직이지 않았다.

곧 주위에서 적의 낌새는 완전히 사라졌고….

"아무래도 물러나준 것 같군."

제르가 안도의 한숨을 내쉬고 들고 있던 검을 칼집에 꽂는 것으로 일단 싸움은 끝을 알렸다.

"그런데 리나, 어떻게 그 안개를 없앤 거지?"

"내가 한 게 아니야."

제르의 물음에 나는 작게 어깨를 으쓱했다.

테시아스는 마치 누군가에 의해 지워졌다고 생각한 것 같았지만….

"그럼 어째서…?"

고개를 갸웃하는 아멜리아에게 나는 의기양양한 미소를 지으며

"됐으니까 이제 그만 나오지그래?"

라고 소리쳤다.

물론 이것 또한 누군가가 정말 나와주면 이득이라는, 밑져야 본전식의 발언이었다. 당연히 다들 그것을 알고 있기에 그저 나만 바라보고 있다.

"그래서… "

아멜리아는 내 쪽을 바라보면서,

"저 사람은 누구죠?"

"저 사람?"

그 말에 뒤를 돌아봤더니….

눈앞에 아라이나의 얼굴.

"우왓?!"

"……?!"

무심코 큰 소리를 내자 놀랐는지 아라이나도 입을 뻐끔거리면서 엉덩방아를 찧었다.

너 이 녀석, 아라이나?! 기척도 없이 이렇게 가까운 곳까지 접근하다니!

"어째서 이곳에?!"

무심코 묻자 그녀는 좌우 옷깃에 달린 단추 같은 것을 만지면서 무언가 작게 중얼거렸다.

―아, 레굴루스반.

그러고 보니 그녀는 나에게서 양심적인 가격으로 구입한 레굴루스반을 단추처럼 옷깃에 단 모양이다.

방금 중얼거린 것은 아마도 그 기동 주문.

《숲이 심하게 술렁대고 있어요.》

일어나면서 대답이 되고 있는지 어떤지 알 수 없는 대답을 한다. 엘프의 감각으로는 사건 발생과 장소를 탐지할 수 있다는 말인가?

"그나저나 이 타이밍에 등장했다는 건, 그 안개 같은 것을 지운 게 너였다는 말이지?"

《…예, 뭐.》

모호하게 대답하는 그녀를 보고,

"엘프야?!"

제르의 목소리에는 무슨 까닭인지 긴장한 기색이 역력했다.

"그렇긴 하지만… 왜?"

"…그러고 보니 아직 말 안 했었군…."

묻는 나에게 제르는 경계의 눈초리를 아라이나에게 보낸 채,

"테시아스 일당은… 이 숲에서 인간을 내쫓으려 하고 있는 엘프의 집단이야."

"엘프의…?!"

《알고 있어요.》

내 목소리에 겹쳐지듯 울려 퍼진 것은 아라이나의 말이었다.

《저는… 그런 그들을 막기 위해 이곳에 온 거니까요….》

처음엔 호통 소리만이 이어졌다.

―뭐, 당연하다면 당연하다.

특사로 온 세이룬의 왕족 아멜리아가 납치되는 국제 문제 수준의 대사건이 일어났는데, 적당한 소리로 둘러대던 나와 가우리가 찾으러 가서 정말로 데리고 돌아온 것이다.

제르가디스라는 수상해 보이는 외모를 가진 녀석까지 덤으로 달고서.

촌장, 마크라일 씨, 세이룬의 경호대장, 귀빈관에 상주하는 제

피리아 정규병의 대장, 란다인가 하는 자경단원과 메이드 여러 명.

거기에 더해 우리 네 사람과 아라이나.

그런 사람들이 귀빈관의 한 방… 아멜리아의 방에 모여 있다.

"애초에 책임은!" "긴장감 결여가 이런 사태를!" "무슨 권한이
?!" "스콘에 사워크림은?!" "평소의 마음가짐이!"

질문, 불평, 푸념, 설교. 누가 누구에게 말하고 있는지도 잘 알
수 없는 목소리가 좌우에서 교차한다.

얼마간 적당히 방치했다가 다들 조금 지쳤다 싶었을 무렵 나는
손뼉을 짝 치며,

"자, 슬슬 일의 경위를 설명하고 싶은데 괜찮겠어요?"

"어째서 네가 정리하려는 거지?"

촌장이 언짢은 듯 소리치자,

"그럼 제가 정리하도록 하죠."

늠름하게 말한 것은 아멜리아였다.

―내 발언을 계기로 그녀가 정리를 맡도록 마을로 돌아오는 도
중에 협의했던 것이다.

그녀는 방 전체를 빙 둘러보면서 한 명 한 명의 눈을 똑바로 보
며,

"일단 필요한 것은 상황 확인일 거예요.

그게 끝나면 앞으로 상대가 어떻게 나올지에 대한 예측과 대책
을 세워야겠죠.

질문과 의견은 수시로 받겠습니다만 비난과 책임 추궁은 이 자

리에선 금하겠습니다.

그리고 제 유괴에 관한 경비 책임은 모두 불문에 부치겠어요. 알겠죠?"

이 부분은 과연 왕족이라고 할까, 올곧은 시선으로 단호하게 말하니 위엄 같은 것조차 느껴진다.

경비 책임을 불문에 부치는 이상, 촌장과 대장 등도 침묵할 수밖에 없다. 그러면 자연스럽게 자경단의 일원들도 입을 다문다.

침묵이 생겨난 그 순간,

"스콘에 사워크림을 곁들일까요?"

"듬뿍 추가해주세요!"

메이드의 물음에 아멜리아가 위엄 있게 대답하자 메이드들은 능숙한 동작으로 사람 수만큼 의자와 테이블을 준비하기 시작했다.

아멜리아의 권유로 전원이 자리에 앉자 향차와 스콘이 놓인다.

"그럼… 먼저 소개하겠습니다."

아멜리아는 몸짓으로 제르 쪽을 가리키며,

"제 사설 잠입 수사원 제르가디스 씨입니다."

"…사설… 잠입 수사원…?"

누군가의 중얼거림.

다들 약간 술렁였지만 개의치 않고 아멜리아는 말을 이었다.

"국가와 군대 같은 커다란 조직의 힘은 정의를 위해 필요합니다!

하지만 그것만으로는 손길이 닿지 않는 부분이 생기는 것도 사실! 그래서 저는 세이룬 주변의 개인과 조직의 동향을 살피기 위해 자유재량으로 그에게 잠입 수사를 부탁한 것입니다!"

물론 이것 역시 마을로 돌아오는 길에 내가 주입한… 아니, 제안한 설명이다.

말할 것도 없이 거짓말.

모든 것을 정직하게 사실 그대로 이야기하면 촌장을 비롯한 마을의 유지들이 제르의 책임을 물을 테고, 경우에 따라선 체포하려 들 것이다.

나름대로 사정이 있었고 결과적으로 이쪽 편에 붙었다고 해도 그가 아텟사 마을을 습격했던 녀석들의 일원이었다는 건 부정할 수 없는 사실이니까.

하지만 지금은 같은 편끼리 누가 잘못했느니 어쨌느니 따질 때가 아니고, 전력 면에서도 제르를 잃을 순 없다.

그를 지켜주는 모양새가 되었지만… 그건 나중에 지식, 전투력, 노력, 금전 등으로 갚으라고 해야….

냉정히 생각하면 여러모로 무리가 있는 설명이다. 국외 수사 권한이 사설 수사관 따위에게 있을 리 없다는 것이라든지.

하지만 유괴 피해자이자 왕족이기도 한 아멜리아가 그렇게 단언하니 아무도 따지지 못했다.

그녀는 말을 이었다.

"이번에 저를 납치한 조직에 그가 잠입해 있었던 것은 우연이었지만 요행이기도 했습니다.

그러면 일단 조직에 대한 것을 그에게서 들어보도록 하죠."

어흠, 작게 헛기침을 하고,

"그리고 그는 저를 경칭으로 부르지 않도록 교육받았으니, 설명할 때 경칭으로 부르지 않는다고 나무라지 말아주시길."

—이 말을 미리 해두지 않으면 제르가 아멜리아를 경칭 없이 불렀을 때 촌장과 병사들은 입장상 그를 비난해야 한다. 이 부분은 아멜리아에게 있어서도, 주위에 있어서도 성가신 부분이지만 왕족이라는 직함에 반드시 따라오는 것이라 어쩔 수 없다.

"그럼 지금부턴 내가 설명하도록 하지."

자리를 양보받은 제르가디스가 입을 열었다.

—대략적인 것은 마을로 오는 도중에 들었지만 세세한 부분은 우리도 아직 듣지 못했다.

과연 어떤 이야기가 튀어나올지….

"상대의 조직명은 '포레스트 하운드'.

테시아스 크로사이스라는 남자를 리더로 하는 엘프 집단이야.

지지자와 찬동자는 숫자가 제법 되지만 중심이 되어 움직이는 것은 대여섯 명 정도일까?

그들의 목적은 이 마을에서 인간을 쫓아내고 과거에 엘프의 것이었던 셀세라스 대삼림을 되찾는 것이라고 하더군."

"…엘프…?" "셀세라스를… 되찾는다고?"

몇 사람인가가 중얼거리더니… 그들의 시선이 자연스럽게 엘

프인 아라이나 쪽을 향한다.

모두의 시선을 받자 그녀는 소리 없이 자리에서 일어나 침착하게 테이블 밑으로 몸을 숨겼다.

《…….》

그 반응을 보고 사정을 잘 아는 나와 가우리 외 몇 명을 제외한 일동은 할 말을 잃었다.

"…아."

마크라일 씨는 어색한 표정으로,

"그녀는 굉장히 낯가림이 심하니 너무 주목하지 말아주시겠습니까?"

그렇게 말한 순간,

다들 싱가시나는 표정을 지으며 시선을 되돌렸다.

"잠깐만. 방금 엘프 집단이라고 했는데…."

자경단원인 란다가 말했다.

"그게 정말이야……? 그렇다면 어째서 너는 동료가 될 수 있었지? 설마… 너도 엘프… 인 건가?"

"아니."

제르는 작게 어깨를 으쓱하고,

"여러 가지 사정으로 이런 모습이 되었지만 일단은 인간이야. 전에 녀석들의 리더인 데시아스를 만난 적이 있었는데…."

적법사 밑에 있었을 때 만났던 건가? 어디까지나 내 추측이지만.

"녀석이 지금 몸담고 있는 '포레스트 하운드'가 무언가 수상한 움직임을 보인다는 소문을 듣고 그 연줄로 접촉했어.

밑져야 본전이라는 생각에서 접촉한 건데 의외로 순순히 받아주더군.

—아무래도 녀석들은 지저분한 일들을 나한테 다 떠넘기고 여차하면 버릴 생각이었던 것 같아.

실제로 마을 주민들을 습격하고 오라는 말을 들은 적도 있었군. 물론 핑계를 대고 거절했지만."

"…주민을 습격…?"

촌장의 얼굴이 창백해졌다.

"아무튼 이런저런 이유를 들어 녀석들의 행동을 억제하는 방향으로 유도하려 했는데…

그게 답답했는지 나한테는 한 마디 상의도 없이 세이룬의 요인인 아멜리아를 유괴해 왔더군."

제르는 말했다.

"인질로 잡아서 교섭할 거리로 쓸 생각이었는지, 아니면 국제 문제를 일으켜 이곳에서 제피리아와 세이룬을 싸우게 할 생각이었는지는 알 수 없지만… 아무튼 간과할 수 없어서 구출한 거야."

"…전… 쟁…."

촌장의 얼굴은 더욱 창백해졌다.

"하… 하지만 어째서지? 어째서 지금인 거지?

아니, 나도 이 숲에 엘프가 살고 있었다는 것 정도는 알아. 하지만 인간에게 숲의 관리를 맡기고 떠나지 않았었나?

나무를 베고 나면 새로운 묘목을 심어야 한다는 마을의 관습도 그때의 약정에 기반한 것이라고 들었고 말이지.

만약 거기에 무언가 불만이 있다고 해도 지난 수십 년, 아니, 어쩌면 그 이상의 세월 동안 아무 일도 없었는데

왜 이제 와서 이 마을에 시비를 거는 거냐고."

"그것에 관해서 말인데요…."

나는 조용히 말했다.

모두의 시선이 이쪽으로 쏠린 것을 확인하고 나서,

"그대로 시선을 움직이지 말고 있어요.

주목을 받으면 말을 할 수 없어지는 사람이 그것에 대해선 가장 잘 알고 있을 거라 생각하니까. 설명을 듣고 싶으면 모쪼록 그쪽을 보지 마시길."

다시 모두의 얼굴에 성가시다는 표정이 잠시 떠올랐다가 사라졌지만, 그래도 모두가 나를 주목하고 있는 것을 확인하고 나서,

"아라이나, 설명을 해줄 수 있겠어? 아무도 안 보고 있으니까."

《…정말로 안 보고 있나요…?》

"안 보고 있어."

《…보고 있으면 도망칩니다…?》

아니, 그쯤 되면 이미 낯을 가리는 수준이 아니잖아.

모두의 얼굴에 떠오른 성가시다는 표정이 이번에는 언제까지고 사라지지 않았다.

"괜찮으니까 설명해봐.

…'포레스트 하운드'에 대해 무언가를 알고 있는 눈치던데…."

《어디서부터 이야기해야 할지….

과거에 이 셀세라스 대삼림은 엘프가 사는 곳이었습니다.

인간이 살기 시작한 후에도 처음에는 공존했죠. 하지만 인간들이 나무를 베고 대장간 일을 시작했을 무렵부터 분위기가 바뀌었습니다.

엘프에게 있어서 숲은 소중한 것, 그러나 인간도 생활을 멈출수는 없기에 충돌이 종종 발생했어요.

결국 벌채한 만큼 식수하는 것을 조건으로, 엘프는 숲의 관리를 인간에게 맡기기로 했습니다.

그게 지금으로부터 150년 전쯤의 일이로군요.》

"150년…."

누군가가 멍하니 중얼거렸다.

《하지만 모두가 그 결정에 납득한 것은 아니었습니다. 결정에 반대해서 숲을 엘프의 손으로 되찾자고 주장하는 무리도 있었죠.

그게 그들입니다.

하지만 규모가 워낙 작다 보니 무언가 대단한 일이 가능할 리 없다고 우리 일족은 생각했어요.

그렇게 대단한 힘도 없는데다, 자칫하면 인간과 엘프 모두와 대립할 우려가 있으니 행동에 나설 리 없다고 말이죠.

실제로 최근까지 그들은 형태뿐인 집단에 불과했습니다.

하지만…

최근 리더가 바뀌면서 그들이 과격해졌다는 이야기가 들려왔
어요.

그게 사실이고… 만약 그들이 인간을 해치거나 한다면 그들뿐
아니라 인간과 엘프라는 종족 전체가 분쟁에 휘말릴 가능성이 있
었습니다.

그래서 제가 이 마을에 파견되어…, 일이 커지기 전에… 가능하
면 그들의 정체가 엘프라는 게 판명되기 전에 수습하고 싶었습니
다만….》

그렇군. 아라이나는 마을을 노리고 있는 게 엘프라는 사실이 밝
혀지기 전에 자신의 힘으로 사건을 해결하고 싶어서 나와 가우리
가 의뢰를 맡는 것을 꺼린 건가.

…물론 그녀가 우리보다 먼저 녀석들과 접촉할 수 있었다고 해
도 이렇게 낯가림이 심한 이상, 설득할 수 있었을 것 같지는 않지
만….

"다시 말해 영토를 노리고 있다는 말인가."

촌장이 말했다.

"하지만 이 마을을 빼앗는다고 해도 그런 적은 인원으로 마을
하나를, 하물며 이 넓은 숲을 관리하는 것은…."

《그것과는 조금 다르군요.》

아라이나는 말했다.

《지배해서 자원을 활용할 생각이 아니라… 음, 어떻게 설명해

야 될지…

아무튼 엘프에게 있어서 숲이라는 곳은 조금 특별한 곳입니다.

그 특별한 곳을 인간들이 멋대로 훼손하고 있는 게 맘에 안 드는 거죠.

벌채한 만큼 식수한다는 약속 하에 관리를 인간에게 맡기기는 했지만, 벌채 자체가 엘프에게는 기분 좋은 일이 아니고 식수를 소홀히 하는 인간까지 있습니다.

약속과 다르다고 생각하는 이가 나오는 것도 무리는 아니죠.》

그 설명에 촌장은 곤혹스러운 얼굴로,

"…아니…, 확실히 식수를 소홀히 하는 사람이 없는 건 아니니까 약속과 다르다고 한다면 그럴지도 모르겠지만…

식수를 전혀 안 하는 것도 아니고 그걸로 너희 엘프들에게 무언가 직접 해를 끼친 것도 아닌데… 그런 것 때문에 이런 큰일을 벌인다는 건…."

《엘프에게 있어선 그런 것으로 치부할 수 없는 겁니다.》

아라이나의 설명에 촌장은 더욱 미간을 좁히며,

"……? 무슨 뜻이지…?"

《그 점은… 어떻게 설명해야 될지…

말로는 설명하기 힘든 부분입니다만, 아무튼 엘프에게는 잠자코 보고 있을 수 없는 사태라고 할까….》

"아니, 설명할 수 없는 걸 이해해달라고 하는 건 좀….″

"뭐 그런 것도 있는 법이에요."

난처해하는 아라이나를 위해 내가 옆에서 거들고 나섰다.

"비유는 안 좋지만…

마족이라는 게 뭔지는 다들 알고 있죠?

살아 있는 자들의 천적, 모든 것의 멸망을 바라는 존재….

하지만 생각해봐요. 어째서 마족은 멸망을 바라는 거죠?

만약 마족들에게 어째서 그런 것을 바라는지 이유를 설명해달라고 한다면 아마 이런 대답이 돌아올 거예요.

자기들 입장에선 멸망을 바라지 않는 게 오히려 이해가 안 되니 설명해달라고 말이죠.

그러면 멸망하고 싶지 않아서라고 대답할 수밖에 없어요.

왜 멸망하고 싶지 않은 거냐고 추궁한다면 어떻게 대답해야 할까요?

…뭐, 이런 식으로 서로가 도저히 이해하지 못하는 것과 설명하기 힘든 것은 있을 거라 생각해요.

하지만 완전히 서로를 이해하는 건 불가능해도 이해하려고 할 수는 있고, 이해가 안 되어도 그런 것이려니 하고 인식할 수는 있어요.

숲에 대한 엘프의 마음도 그런 게 아닐까요?

다시 말해 중요한 것은 엘프가 어째서 숲을 소중히 하는지 따지는 게 아니라, 엘프가 숲을 소중히 하는 마음을 갖고 있다는 길 이해하는 겁니다."

"…음…."

납득했는지 어떤지 알 수 없지만 촌장은 아라이나가 몸을 숨기고 있는 테이블 쪽을 힐끔 쳐다보고 나서,

"숲에 대한 엘프의 감정은 알겠지만… 그렇다고 해도… 150년이나 지난 일을 왜 지금…?"

《150년….

당신들 인간에게는 태어나기 전의 이야기겠지만 수명이 긴 우리 엘프들은 그 무렵부터 살아 있는 이도 적지 않습니다.

연장자에게는 젊은 시절, 어린 시절의 이야기인 거죠.

그런 의미에서 보면 이제 와서라고 할 만큼 긴 시간이 지난 것도 아닙니다.

다만 테시아스 일당이 왜 최근 들어 실력 행사를 시작했는지는 모르겠군요. 리더가 바뀐 것 외에도 무언가 이유가 있는 것 같다는 생각이 듭니다.》

"그 점은 동감이야."

제르가디스가 말했다.

"테시아스는 승산도 없이 움직일 녀석이 아니거든. 무언가 계기가 있어서 이 마을에 대한 실력 행사를 시작한 거겠지.

하지만 그렇다고 하면 지금 상황은 주의할 필요가 있어."

"그들이 본격적으로 움직일 거라는 말인가요?"

마크라일 씨의 질문에 제르는 고개를 끄덕이고,

"테시아스 일당이 이렇게 생각할 가능성이 있어. 자신들의 움직임을 억누르고 있던 제르가디스가 알고 보니 배신자였다, 그러

니까 배신자의 주장과 반대로 움직이는 것… 즉 활발하게 움직이는 게 상대에게 큰 타격을 줄 수 있다고 말야."

"하… 하지만 엘프라는 종족은… 좀 더 얌전하고 신사적이라고 할까, 싸움을 싫어하는 종족… 아니었어…?"

란다의 목소리는 떨리고 있었다.

확실히 테시아스 일당의 방식은 사람들이 일반적으로 품고 있는 엘프의 이미지와는 동떨어져 있을지 모른다.

나 역시 얼마 전까지만 해도 엘프와 협력해서 마족과 싸운 경험이 있기에, 엘프를 상대로 싸워야 하는 게 여러모로 마음이 편치 않다. 하지만….

"인간 중에도 선한 사람과 악한 사람이 있잖아."

옆에서 나는 끼어들었다.

"엘프에게도 착한 녀석과 악당이 있을 수 있고, 말썽을 싫어하는 녀석과 그것을 바라는 녀석이 있을 수 있는 거야.

아, 그리고 체력과 완력은 엘프보다 인간이 더 강하다고 생각하는 사람이 많을 테고 꼭 틀린 말도 아니지만, 그건 어디까지나 평균적으로 그렇다는 이야기야.

힘과 체력이 강한 엘프도 있으니까 모쪼록 얕보지 않도록 해.

특히 마력 면에서는… 오히려 상당히 위험한 상대라고 생각하는 편이 좋겠지.

가령 아멜리아가 납치당한 밤에…

귀빈관에 있는 거의 모두가 잠들어서 깨어나지 못한 것도 슬리핑 마법이 엘프의 마력에 의해 극도로 강화되어서 그런 거였다고 생각할 수 있어.

인간 마법사였다면 그렇게 넓은 범위를 아우르는 건 무리일 테고, 다른 마법들도 인간 마법사가 쓰는 마법보다 강력할지 몰라. 전혀 모르는 마법을 쓸 가능성도 있고 말이지.

실제로 아멜리아와 합류해서 이 마을로 오는 도중 녀석들과 만나 전투가 벌어졌는데,

화염계 마법을 무효화하는 마법과 나이프 같은 것에서 덩굴을 만들어내는 마법 등을 썼어.

…음, 아라이나, 혹시 그 마법이 어떤 건지 알고 있어?"

《흠…, 화염계 마법을 무효화한 것은 화재를 진압하는 마법을 응용한 거군요. 덩굴 같은 것은 발드라는 식물의 씨앗을 마법으로 급격히 성장시켰을 뿐이에요.》

《…….》

대수롭지 않다는 듯 한 말에 일동이 한순간 할 말을 잃었다.

마법에 어두운 사람이라면 애당초 의미를 알 수 없을 테고, 어느 정도 지식이 있는 사람이라도 할 말을 잃게 만드는 이야기다.

불을 끄는 마법을 응용해서 화염계 마법 전반을 무효로 만든 거라고…

대수롭지 않은 듯 말하고 있지만 당연히 쉬운 일이 아니다.

누군가의 마법을 한 번 상쇄하는 거라면 인간도 가능할지 모른다. 하지만 광범위하게 전개해서 화염계 마법을 계속 무효로 만드

는 건 상당히 큰 의식용 마법진과 여러 가지 매직 아이템을 준비하지 않으면 힘들 것이다.

그리고 정말 놀라야 할 것은 씨앗을 급격히 성장시킨 쪽.

그렇게 하려면 활성화하고 성장시키면서 생육에 필요한 수분과 에너지를 적절하게 공급해줘야 하는, 터무니없이 복잡하고 섬세한 제어가 필요하다.

하지만 그것을 한순간에 해버렸다.

단언컨대 인간이 같은 일을 해내는 건 불가능하다.

마력도 그렇지만 마법을 제어하는 속도와 정밀도가 절대적으로 부족하기 때문이다.

테시아스 일당은 그런 것을 전투 도중에 마구 써댔고,

무엇보다도 놀라운 것은 그런 마법조차 그들에겐 아마 자잘한 기술에 지나지 않으리라는 것.

만약 그 마법 기술이 전투용 마법에도 응용된다면 어떻게 될지… 상상만 해도 위험하기 짝이 없다.

─그렇게 생각하고 있을 때.

쾅앙…!

울려 퍼진 무거운 소리와 흔들림.

방에 있는 전원이 경직한 채 서로의 얼굴을 쳐다보았다.

"제가 보고 오겠습니다! 여러분은 이곳에 계십시오!"

그렇게 말하고 방에서 뛰쳐나간 것은 입구에 서 있던 제피리아 병사 한 명이었다. 갑옷의 발소리가 복도를 따라 멀어져가더니…
얼마 지나지 않아 다가온 다른 발소리와 함께 돌아왔다.

"보고하겠습니다!"

새로 합류한 병사는 방에 들어오자마자 소리쳤다.

"마을이… 공격을 받았습니다!"

비명에 가까운 보고와 겹쳐지듯,

콰앙

다시 울려 퍼지는 굉음.

촌장은 창백해졌고, 방금 보고를 한 병사도 허둥대는 표정으로,

"정정합니다…! 공격을 받고 있습니다…!"

—벌써 움직인 건가?!

촌장 등이 아연실색하고 있는 사이에 나, 가우리, 제르, 아멜리
아는 주저 없이 방을 뛰쳐나갔다.

3. 족쇄가 풀리자 송곳니를 드러낸 사냥개

탁한 연기.

방을 뛰쳐나와 복도를 내달리다가,

가장 가까운 테라스를 통해 아텟사의 거리를 봤을 때 맨 처음 눈에 들어온 것이 그것이었다.

—물론 대장장이의 마을이니 원래부터 연기는 이곳저곳에서 피어오르고 있었다. 하지만 한눈에도 그것들과는 달라 보이는 탁한 연기 두 줄기가 눈에 띄었다.

그리고.

콰앙!

세 번째 폭음과 새로운 연기.

"테시아스 일당인가…?!"

라고 말하는 제르.

"그렇겠죠!"

연기를 노려보던 아멜리아가 제르의 말에 답했다.

아니, 아니, 아니, 아니.

'포레스트 하운드'가 틈을 두지 않고 습격할 가능성은 제르도 지적하긴 했었다.

하지만 아무리 그래도 이건 너무 갑작스럽다고 할까.

녀석들 성미가 너무 급하잖아!

아무튼 마을이 공격받고 있는 게 사실인 이상 요격에 나설 뿐이다!

"아멜리아는 병사들과 함께 마을 사람들을 안전한 곳으로 대피시키도록 해! 상대가 혼란을 틈타 마을로 들어왔을지 모르니까 그것도 경계하고!"

내 지시에 아멜리아는 잠시 불만스럽다는 표정을 지었지만,

"알겠습니다!"

목소리만은 기운차게 대답했다.

ㅡ익딩을 심판하는 쪽으로 가고 싶은 게 본심이있겠지….

하지만 왕족이자 특사인 아멜리아가 최전선에 나서면 병사와 자경단도 그녀를 따라갈 수밖에 없다. 당연히 마을 사람들의 피난과 구조는 뒷전으로 밀릴 수밖에.

그렇게 되는 것을 막기 위해 아멜리아는 자신의 행동을 억누른 것이다.

ㅡ성장했구나, 아멜리아. 예전의 그녀였다면 잠깐 눈길을 뗀 사이에 귀빈관 옥상으로 올라가서 상대에게 호통을 치고 있었을 텐데.

"제피리아와 세이룬의 병사 여러분!"

아멜리아는 병사들 쪽을 돌아보고 소리쳤다.

"나라와 입장은 달라도 사람들을, 평화를 지키는 마음은 똑같을 겁니다!

지금! 이 마을에 누군가의 마수가 뻗치고 있는 이상, 그것을 물리치고 백성들을 지키는 것이 저와 여러분의 책무입니다! 부디 힘을 빌려주십시오!"

""예!""

일제히 고개를 끄덕이는 병사들.

그 옆에서 나는….

"제르는 가우리를 데리고 뒤에서 따라와! 난 먼저 가 있을 테니까!"

말하고 나서 주문을 외우고….

"레이 윙!"

고속비행 마법으로 테라스에서 하늘로 날아올랐다!

가능하면 가우리와 제르를 데리고 함께 가고 싶지만 그러지 못하는 사정이 있다. 하늘을 나는 마법은 공중에 떠서 천천히 움직이는 것과 내가 방금 쓴 고속비행 두 종류가 있다.

서둘러야 할 땐 당연히 고속비행 마법이지만….

바람의 결계를 둘러야 하는 마법인 이상, 제어가 어려운데다 운반할 수 있는 무게, 속도, 고도의 총합이 술자의 힘에 비례한다.

마력을 증폭하는 탤리스먼을 가지고 있었던 예전이라면 모를까, 지금 내가 이 마법으로 가우리를 운반하려고 하면, 아마 땅에 질질 끌 만큼 고도가 낮아질뿐더러 속도도 안 나서 마을을 둘러싸고 있는 벽도 넘지 못할 것이다.

부유마법이라면 사람 한 명 정도는 쉽게 운반할 수 있지만 그쪽은 아무튼 이동 속도가 늦다. 그런 것으로 둥실둥실 허공을 떠다니는 건 원거리 공격으로 저격해달라는 것과 마찬가지이다.

그런 까닭에….

내가 먼저 가서 상대의 주의를 끌고, 제르가 가우리를 데려올 때까지 어떻게든 시간을 벌 수밖에 없다!

집, 가게, 공방의 지붕을 따라 이동하다가 마을을 둘러싸고 있는 벽 밖으로 단숨에 뛰쳐나간다.

—마을에서 폭발이 일어난 지점을 보면 상대의 대략적인 위치는 예측할 수 있다. 그곳과 조금 거리가 있는 곳에서 나는 마법을 해제하고 숲 속에 내려섰다.

동시에 주문 영창 개시!

—황혼보다 어두운 자여.

피의 흐름보다 붉은 자여.

시간의 흐름에 파묻힌

위대한 그대의 이름으로….

외우는 것은 무차별 광범위 주문!

—나 여기서 어둠에 맹세한다.

우리들 앞을 가로막고 있는

모든 어리석은 자들에게

나와 그대가 힘을 합쳐

동등한 멸망을 가져다줄 것을!

"드래곤 슬레이브!"

내가 만들어낸 붉은색 빛이 먼 곳에서 한 점으로 수축하다가……

꽈아아앙!

파괴의 힘을 흩뿌렸다!

착탄점은 숲 한복판. 중심부의 나무들은 가루가 되어 사라졌고 폭발의 여파는 주위 나무들을 방사상으로 쓰러뜨려버렸다!

용을 죽인다는 이름을 가지고 있을 만큼, 작은 성 정도는 날려버릴 수 있는 위력을 가진 마법이다.

마을 한 구획 정도의 넓이가 황무지… 아니, 크레이터가 되었고 그 주변도 난장판이 되었다.

개의치 않고 나는 계속해서 주문을 외웠다….

"파이어 볼!"

발사된 빛의 구슬은 쓰러진 나무들에 맞자,

꽈앙!

폭발해서 붉은 불꽃을 흩뿌렸다!

계속해서 같은 마법을 두세 번 연속으로 발동!

숲의 생나무에는 불이 붙기 힘들지만 초고온으로 계속 지진다면 이야기는 다르다.

탁한 빛깔의 연기를 피워 올리며 주위 나무들이 불타기 시작했다.

—이 정도면 무시할 수 없을 터….

나는 주위로 시선을 돌렸다.

—무언가가….

보인 느낌이 들었다.

오싹.

등골에 이는 뭔지 모를 오한.

불길한 예감에 거스르지 않고 나는 곧바로 옆으로 굴렀다.

그 직후.

좌악!

방금 전까지 내가 있던 공간을 흰색 빛이 꿰뚫었다!

상대의 모습을 확인하기 위해 시선을 돌려보니 흰 안개가 피어오르고 있는 참이었다. 상대의 모습은 당연히 보이지 않고 안개만이 이쪽을 향해 퍼지고 있다.

이윽고 안개가 불꽃이 넘실거리는 나무들과 접촉한 그 순간.

하얀 안개가 소용돌이치며 순식간에 불꽃의 기세를 꺼뜨리기 시작했다.

—그렇군. 아라이나가 말한 대로 확실히 산불 등의 진화에는 절

대적인 효과가 있는 마법인 것 같다.

조금 연구해보고 싶다고는 생각했지만 유감스럽게도 느긋하게 마법이나 관찰하고 있을 때가 아니다.

"무슨 속셈이냐…."

지금 완전히 주위를 둘러싼 안개 속에서 들려온 것은 살기가 배어 나오는 테시아스의 목소리.

"아니, 아니, 이것 봐."

그에 대해 나는 일부러 웃음을 머금은 말투로,

"너희가 인간 마을에 공격마법인지 뭔지를 날리는 건 괜찮고 인간이 숲을 불태우는 건 안 된다는 그런 잠꼬대 같은 소리를 설마 할 생각은 아니겠지? 앞으로 너희가 마을을 공격한다면 우리도 숲을 닥치는 대로 불태울 예정이야."

그렇게 말하는 나.

녀석들의 목적이 엘프의 손으로 숲을 되찾는 것이라면 숲 속에서 무차별 광범위 공격주문을 날리는 나의 존재를 그냥 두고 볼 수 없을 거라 생각한 것인데, 아무래도 그 노림수대로 된 것 같다.

"…그런 짓은 용납 못 해. 애초에 이곳은 우리의 숲이다."

"너 개인의 의견은 알 바 아니지만, 인간과 엘프 사이에 이야기가 된 걸로 아는데?"

이쪽으로 다가오는 테시아스의 목소리. 이윽고 안개 너머에서 서서히 그 그림자가….

―오싹….

오한이 등골을 타고 흘렀다.

안개 너머에서 서서히 떠오른 회색 그림자는 전에 봤던 테시아스보다… 아니, 일반적인 인간과 엘프에 비해 훨씬 컸다.

레서 데몬이나… 혹은 그 이상의 사이즈일 것이다.

"일부 엘프가 멋대로 결정한 일이니까 우리가 거기에 따를 의무는 없어."

흰색이라고 하기엔 탁한 회색의 거구.

접근함에 따라 점점 선명해지는 그 특징은 낯익은 것이었다.

─이건… 또… 성가신….

내심의 동요를 억누르면서 시간을 벌고 도발하기 위해 말한다.

"그렇다면 너희의 멋대로 된 견해도 다른 사람들이 얌전히 따를 필요는 없다는 거네?"

"사정도 모르는 인간 나부랭이가 주둥이 하나는 살았군."

회색의 거구가 걸음을 멈추었다.

목소리가 없었다면 그것이 테시아스라는 걸 눈치채지 못했을 것이다.

온몸을 뒤덮은 회백색 갑옷. 머리에는 뿔인지 짐승의 귀인지 모를 두 개의 돌기가 뒤쪽으로 뻗어 있고, 눈에 해당하는 위치에는 오닉스를 연상시키는 투명하고 윤기 나는 검정색의 무언가가 있다. 그리고 몸 이곳저곳에 돋아 있는 여러 개의 촉수들.

"나는 네가 말한 그대로를 돌려줬을 뿐이야. 그게 잘못되어 있다고 생각한다면 애초에 네 주장이 이상하다는 말이겠지."

"훗, 이 모습을 보고도 큰소리를 치는 배짱만은 칭찬해주겠다."

테시아스의 목소리에는 여유의 기색.

나는 손을 살랑살랑 저으며,

"아니, 그렇지만도 않아. 아까부터 엄청 쫄아서 다리가 후들거리고 있거든."

그렇게 최대한 가벼운 어조로 말하자,

"건방진 녀석! 이쪽이 그저 덩치만 크다고 생각하는 모양인데…."

"생각 안 해. 생각 안 해."

그리고 나는… 마침내 그 이름을 입 밖에 냈다.

"마율(魔律)장갑 제나파 아머. …아니, 엄밀히 말하면 봉마장갑 자나파려나?"

"……?!"

대수롭지 않다는 듯 말하자 테시아스는 할 말을 잃었다.

그야 그렇겠지.

만약 정체를 알고 있다면 그 눈앞에서 농담 따먹기를 할 생각은 안 들 테니까.

여러 전설 중에서도,

120년 전쯤 사일라그 마을을 멸망시킨 마수 자나파의 이름은 유명하다.

그 실체는 전설적인 마법서 클리어 바이블의 지식으로 만들어진 생명을 가진 무기이자 갑옷.

인간은 과거에 불완전한 형태로 자신의 의사를 가진 봉마장갑 자나파를 만들었다가 폭주하는 바람에 마을 하나를 날려먹었지만….

최근 엘프와 드래곤은 같은 지식을 바탕으로 그 완전판이라 할 수 있는 마율장갑 제나파 아머를 만들어냈다.

몇 년 전 우리들은 120년이라는 시간을 거쳐 다시 태어난 자나파와 싸운 적 있으며….

마율장갑을 장착한 엘프와 함께 고위 마족을 해치우기도 했다.

외형만을 보면 테시아스가 지금 입고 있는 갑옷은 폭주해서 짐승을 연상시키는 모습이 된 자나파보다, 흰색 거인의 형상을 띤 마율장갑 제나파 아머에 가깝다.

다만 양쪽에 공통된 점은 기본적으로 공격마법이 거의 통하지 않는다는 것.

다시 말해….

마법사인 나에게는 아주 궁합이 안 좋은 상대라는 뜻이다.

아마 아까 날린 드래곤 슬레이브조차 이 녀석에게는 통하지 않을 터.

일찍이 전설 속에서 자나파를 해치운 빛의 검은 이미 없고, 우리가 전에 자나파를 해치웠을 때 쓴 마법 또한 지금은 쓸 수 없다.

하지만 그렇기에 더욱,

나는 일부러 큰소리를 치고 있는 것이다.

강력한 그 정체를 알면서도 여유로운 태도를 보임으로써 무언

가 대항책이 있는 것처럼 착각하도록 만들기 위해서이다.

아니나 다를까.

"어떻게 자나파를 알고 있는 거지?! 제나파 아머? 라는 건 또 뭐냐?"

경계심을 드러내며 테시아스가 물었다.

그렇군. 마율장갑이 아니라 불완전판 쪽을 기본으로 한 갑옷인가.

"글쎄?

아, 말해두는데 그게 내가 알고 있는 자나파가 맞다면 너도 머지않아 잡아먹힐 거야."

그렇게 사실을 지적하며 동요를 유발해본다.

전에 우리가 싸운 자나파는 자신의 의사를 갖고 장착자를 흡수해서 인간의 마음은 없지만 지혜는 가지고 있는 짐승이었다.

하지만.

"아⋯."

테시아스는 대수롭지 않다는 듯 말했다.

"자아의 발생과 장착자에 대한 잠식 말인가.

우리 동료 중에 유능한 연구자가 있어서 말이지. 제조 전 단계에서 이미 그런 문제를 발견하고 해결한 상태다. 인간 따위의 마법 기술과 우리 엘프의 기술을 똑같이 취급하지 마."

—그렇군⋯.

나는 이해했다.

그는 제조 전에 결함이 있었다는 것을 인정하고 인간의 마법기술을 비하했다.

다시 말해.

자나파 제조법의 불완전판을 인간에게서 입수했다고 말한 셈이다.

—전에 우리가 자나파와 싸웠을 때 그것을 만들어낸 집단이 있었는데,

아마 자나파 제조법은 그 집단에서 '포레스트 하운드'로 유출된 것이리라.

그리고 그들은 그것을 해석하고 개량해 이 자나파 개량형이라고 할 만한 것을 만들어냈다.

그것을 입수했기에, 실질적으로 최근까지 아무런 활동도 없었던 그들이 갑자기 실력 행사에 나선 것이다.

이 사실을 제르는 당연히 모르고 있을 터. 알았다면 그때 이미 자신의 목적과는 관계가 없다며 이탈했을 테고, 우리에게도 사실을 이야기했을 것이다.

하지만 이런 녀석이 상대라면 꽤 성가시게 됐군….

그런 내심을 감추면서,

"아, 역시 개량은 한 모양이네?"

그렇게 여유로운 말투로 대답하면서도 이제 어떻게 할까 곤란해하고 있자니….

"뭘 하고 있는 거냐? 테시아스."

어딘가 귀에 익은 목소리가 테시아스 뒤쪽에서 들렸다.

우웩?!

…목소리와 함께 안개 너머에서 떠오른 것은 다름 아닌….

또 하나의 회색 거구.

…진짜냐…?

무심코 얼굴이 경직될 뻔한 것을 나는 필사적으로 억눌렀다.

뿔이 두 개 달린 테시아스의 자나파에 비하면 밋밋한 인상이다.

머리에는 눈에 띄는 돌기도 없고 얼굴에는 오닉스 같은 큰 눈이 하나뿐. 몸 전체도 마치 망토나 로브를 걸치고 있는 것처럼 뭉툭한 실루엣.

다시 말해….

다른 타입의 자나파인 셈이다.

아니, 아니, 아니,

개량뿐 아니라 다른 종류까지 만든 거냐?!

유능한 연구자가 있다는 테시아스의 말은 사실인 듯하다.

"사간! 이 녀석, 자나파에 대해 알고 있어!"

하지만 사간이라 불린 쪽은 그리 동요한 기색도 없이,

"그게 무슨 문제라도 되는 건가?"

―비로소 떠올랐다.

이 목소리는 아멜리아아 제르와 합류해서 마을로 돌아오는 도중 나를 노렸던 궁수의 목소리다.

궁수… 아니, 사간이라 불린 '외눈박이' 자나파의 장착자는 한 손을 이쪽으로 뻗더니….

"어찌 됐건 해치워야 할 상대다…."

콰아!

돌연.

사간의 말을 지우듯 옆에서 강렬한 바람이 몰아쳤다.

흰 안개가 요동치고 내 머리카락과 망토도 격렬하게 나부꼈다. 하마터면 균형을 잃을 뻔했지만 나는 바람을 거스르지 않고 대여섯 발 정도 헛걸음을 디뎌서 태세를 바로잡았다.

바람이 멈춘 자리에는….

내 곁에 출현한 가우리, 제르, 아라이나 세 사람의 모습!

벌써 와준 건가?!

예상했던 것보다 훨씬 빠르다.

—아, 그렇군….

인간이 제어하는 비행마법이라면 이곳에 올 때까지 좀 더 시간이 걸렸을 터. 하지만 엘프인 아라이나가 무언가의 마법으로 두 사람을 데리고 빠르게 날아온다면 시간은 대폭 단축된다.

솔직히 말해 살았다.

테시아스는 둘째치고 사간 쪽은 시간 끌기가 잘 안 통할 듯한 상대였으니까.

…하지만 이것으로 이쪽이 유리해진 것도 아니다.

"뭐야? 저건…."

테시아스 일당을 노려보고 중얼거린 것은 제르가디스.

한편.

"제르가디스와… 우리 동족…?!"

놀란 것은 상대도 마찬가지.

사간은 아라이나의 출현에 이쪽으로 뻗고 있던 오른손을 내리더니 명백히 놀란 목소리를 냈다.

"어째서 동족이 그쪽에 있는 거냐?!"

테시아스의 목소리도 떨리고 있다.

그러자.

"어째서고 자시고…!"

낭랑하게 울려 퍼진 것은… 뜻밖에도 아라이나의 육성이었다.

레굴루스반의 증폭도 없이 말이다.

그녀는 조금 떨어진 곳에 있는 두 거인을 당당하게 노려보며 그곳까지 충분히 울려 퍼지는 목소리로,

"조금은 자신의 가슴에 손을 얹고 생각해보는 게 어때요?!

숲의 수호자라는 자아도취에 빠져서 평소 하던 대로 찌질하게 나뭇잎 뒤에라도 붙어 있었으면 좋았을 것을!

그런 장난감 갑옷을 손에 넣었다고 얼씨구나 해서 인간들에게 시비를 걸다니! 그런 개보다 분별이 없는 짓을 저지른 탓에 다른 성실한 동족들이 피해를 입고 있다고요!

덕분에 일이 커지기 전에 당신들을 제지하기 위해 제가 이런 성가신 임무를 떠맡게 되었잖아요!

게다가 조용히 사건을 무마하려고 했는데 요리조리 도망쳐 다니다 기어이 마을을 공격하기까지!

그래놓고 저를 보고 놀라다니 그게 오히려 더 놀랍군요!

동족들에게 찍히는 게 싫다면 지금이라도 그 시시한 장난감을 버리고 어딘가 어두운 곳에 틀어박혀 이끼에 묻은 물이라도 빨아먹는 게 어때요?"

…조용….

침묵이,

안개 낀 세계에 잠시 드리웠다.

…아….

…아라이나! 동족에 대한 태도가 너무 고압적이야! 그리고 입이 너무 험해!

너무하다면 너무한 발언에 테시아스와 사간은 잠시 멍하니 침묵하다가 이윽고,

"테시아스."

"음?"

"때려죽이자."

"이의 없음."

말이 끝나자마자 두 사람은 양손을 치켜들었고, 그 손끝에서 각각 쏘아낸 빛이 안개를 갈랐다!

자나파의 무기 중 하나인 레이저 브레스!

""우와아아아아아아앗?!""

나, 가우리, 제르, 아라이나, 네 사람은 동시에 소리치며 옆으로 질주했다! 최대한 나무들이 **빽빽**한 쪽으로 달려간다.

아라이나와 나란히 달리면서,

"이것 봐! 아라이나!"

내가 지른 비난하는 목소리에 아라이나는 옷깃의 레굴루스반을 작동시키더니,

《설득에 응할 생각은 없는 것 같네요!》

"방금 그게 설득이었어?! 도발로밖에 안 들렸는데!"

《리나도 우리가 오기 직전까지 도발하고 있었잖아요. 다 들렸다고요!》

"그건 시간 끌려던 거야! 그보다 너, 낯을 가리는 것치곤 너무 당당하던데!"

《적이라는 걸 **뻔히** 아니까 저를 어떻게 생각하는지 따윈 신경 쓰지 않아도 되잖아요.》

다른 사람의 눈이 신경 쓰여서 낯을 가리는 게 보통이긴 하지만, 이 녀석은 의식적으로 사람을 봐가며 낯을 가리고 있는 건가?

달리는 우리들의 뒤에서 두 줄기, 세 줄기 빛이 안개를 갈랐다!

"리나! 저건 뭐지?!"

달리면서 묻는 제르가디스에게 나도 달리면서,

"마수 자나파! 그 **파워 업 비전**이야!"

"뭣…?!"

놀라 소리치는 그에게,

"뭔지 알고 있어? 제르!"

"너도 알고 있잖아! 전에 함께 싸우기도 했고! 촉수에서 레이저 브레스를 쏘는 크고 하얀 짐승!"

"하얀…! 오오! 생각난다. 생각나!"

적당히 맞장구를 치는 가우리.

제르도 전에 함께 자나파와 싸운 사람 중 한 명이지만 그때의 자나파는 네발 달린 거대한 흰색 짐승의 모습이었다. 지금의 두 거인이 그것과 같은 종류임을 겉모습만으로 깨닫기란 어려울 것이다.

내가 그것을 깨달은 것은 자나파의 완성체, 즉 마율장갑 제나파 아머를 알고 있기 때문이다. 두 거인의 외견은 오히려 그쪽에 가까웠다.

《자나파라고요?!》

우리들의 이야기를 듣고 있던 아라이나가 말했다.

《인간의 전설에 등장하는 그거 말인가요?!》

"그거 맞아! 그래서 대부분의 공격주문은 안 통해!"

《이제 와서 그런 소리를 하시면! 그것도 모르고 아까 한껏 도발해버렸잖아요!》

"역시 도발할 생각이었잖아!"

나는 옆에서 달리는 제르에게,

"아마 녀석들의 행동이 활발해진 이유가 그거일 거야! 녀석들하고 있을 때 무언가 존재를 암시하는 말 같은 거 없었어?!"

"아니! 나한테는 철저히 숨기고 있었던 모양이야!"

그렇게 말하는 그.

그렇군…. 역시 그 부분은 예상대로인가?

"자나파라면, 갑옷에 자아를 잡아먹힌 괴물이라는 거지?!"

"파워 업 버전이라고 했잖아!"

대화를 나누면서도 당연히 다리는 멈추지 않는다.

나무들 사이로 뛰어든 덕분에 레이저 브레스는 오지 않게 되었지만, 상대는 여전히 쫓아오고 있을 테니 다리를 멈출 수 있을 리없다.

어쩌나 보니 다 함께 도망치게 됐지만 결과적으로는 잘된 일일수도.

상대에게 공격주문이 통하지 않는 것을 제르와 아라이나가 모른 채 싸운다면 난처한 지경에 빠질 수도 있으니 알려줄 시간은 필요했다.

"엘프들이 개량한 모양이라 장착자의 자아는 그대로야! 이쪽 마법은 거의 통하지 않을 테지만 아마도 녀석들은 마법을 쓸 수 있을걸!"

"최악이로군!"

"나도 그렇게 생각해!"

전에 싸운 자니파는 자신의 육체를 아스트랄 사이드와 차단하는 것으로 대부분의 마법을 무효화했다.

그 대신 마법을 전혀 쓰지 못했지만….

그럼에도 불구하고 상대가 마법을 쓸 수 있다고 내가 판단한 근거는 단순하다.

이 흰색 안개의 존재.

아까 나는 테시아스 일당을 유인하기 위해 숲에 불을 질렀는데… 그것을 끄기 위해 누군가가 이 마법을 쓴 것이다.

그들의 자나파 개량형은 마율장갑과 마찬가지로 아스트랄 사이드와의 접속을 자유롭게 제어하고 있을 가능성이 있다.

"어떻게 하지?!"

이번엔 가우리.

상대의 주의가 마을 밖으로 쏠린 것은 좋지만 이대로 평생 술래잡기를 할 수도 없는 노릇이다.

언젠가는 맞서 싸워서 한 명씩이라도 해치워갈 수밖에 없다.

"일단 숲 속으로 유인해서…."

내 말 도중에,

촤르륵.

나무들이 술렁였다.

저쪽 수풀에서, 이쪽 나무 그늘에서, 우리를 에워싸듯이 부스럭부스럭 등장한 것은 여러 개의 사람 그림자!

플랜트 골렘들인가?!

화염계 마법을 쓸 수 있다면 쉽게 일소할 수 있을 터!

"! 아라이나! 이 안개를 지울 수 있어?!"

《일시적으로라면요. 곧바로 복구될 가능성이 크지만.》

"그것으로 충분해! 신호를 할 테니까 맞춰서 발동시켜줘!"

그녀가 고개를 끄덕이는 것을 확인하지도 않고 나는 곧바로 주문을 외우기 시작했다.

그동안에도 플랜트 골렘들은 이쪽과의 거리를 좁혀왔고….

내 주문이 완성되었다.

아라이나에게 눈으로 신호를 보내자….

《디센챈트!》

그녀의 중얼거림과 동시에,

썰물이 빠지듯 단숨에 주위의 안개가 사라져갔다.

드인 시야 속에서 다가오는 플랜트 골렘들의 모습이 선명해졌고….

그 바로 위.

나뭇가지들 사이에 그것이 있었다.

큰 고치 같은 덩어리에서 가늘고 긴 다리 몇 개가 사방으로 뻗어 있었고, 몸 이곳저곳에서는 실… 아니, 촉수가 뻗어 나와 나무줄기와 가지 등을 붙잡아 거대한 몸을 허공에 지탱하고 있었다.

흡사 그것은 한 마리의 거대한 거미를 연상시켰는데,

고치 일부가 마치 아가리를 벌린 것처럼 벌어져 있었고….

그곳을 통해 사람 얼굴이 엿보이고 있었다.

사람이 거대한 거미에게 통째로 삼켜지는 듯한 광경이시만, 이건….

—세 번째 자나파?!

얼굴은 물론 장착자의 것. 엘프 특유의 단정한 용모지만 30~40세는 되는 것 같아 보인다.

엘프의 수명을 생각하면 이미 백 살은 넘었을 것이다.

얼굴을 내밀고 있는 것은 마법을 쓰기 위해서라 해야 되겠지.

자나파로 완전히 덮여 있으면 마법을 쓸 수 없기에 갑옷 일부를 해제한 상태에서 주문을 외워 플랜트 골렘들을 만들어낸 것이다.

그렇다면 제르와 합류하고 벌어졌던 전투 때 어딘가에 숨어서 플랜트 골렘들을 조종하고 있었던 건 이 녀석인가?

안개가 걷히고 그 광경이 보이자마자,

"올그로즈."

장착자의 입이 움직였다.

이 마법은…?!

순간 플랜트 골렘들로부터 무수한 덩굴이 뿜어 나와 이쪽으로 달려들었다!

어쩔 수 없이….

"플레어 애로!"

나는 플랜트 골렘들을 해치우기 위해 외우고 있었던 마법을 쏘았다!

지금 덩굴 때문에 움직임을 멈출 수는 없다!

불꽃 화살과 덩굴. 선홍색과 녹색이 교차한 후 녹색은 불타 내렸고 선홍색은 튕겨나가 흩어졌지만, 이쪽으로 달려드는 덩굴 쪽이 더 많이 남았다!

하지만!

"플레어 애로!"

제르가 나보다 조금 뒤처져서 마법을 쏘았다!

불꽃은 남은 덩굴 대부분을 불태우고 그 너머에 있는 플랜트 골렘들 몇 개에도 박혔다!

파직파직파직!

직격당한 플랜트 골렘들은 불꽃이 터지는 소리를 내며 불타 쓰러졌다.

남은 덩굴들도 가우리가 베어낸다.

그때.

"제이플리트."

거미처럼 생긴 자나파… 에잇, 너무 기니까 그냥 '거미'라고 하자. 아무튼 그 '거미' 남자의 목소리.

순간.

'거미'와 우리들 사이의 허공에 시야의 절반 이상을 채울 만큼 거대한 불덩어리가 출현했다!

―젠장할!

우리가 안개를 해제하고 플랜트 골렘에 대응하느라 바쁜 사이에, 이런 걸 준비하고 있었나?

"칫!"

곧바로 가우리가 불덩어리를 향해 돌멩이를 던졌다! 이게 인간이 만들어낸 파이어 볼이라면 불덩어리에 무언가가 닿은 순간 폭발해서 불꽃을 흩뿌리는 게 정상이지만….

돌멩이는 허무하게 불덩어리에 삼켜져 사라질 뿐이었다!

그리고 불덩어리는 여전히 건재….

《에어 프로전.》

그때.

아라이나가 마법을 쏘았다!

그러자.

펑!

날아오던 불덩어리의 바로 밑에서 공기가 큰 소리를 내며 터졌다!

폭발 지점을 중심으로 강렬한 바람이 사방으로 몰아쳐서 날아오던 불덩어리를 뒤로 튕겨냈고, 우리들도 강렬한 돌풍에 뒷걸음질 쳤다.

미쳐 날뛰는 바람 소리에 뒤섞여,

"……! ……!"

소리 없는 비명이 들려왔다.

불덩어리 바로 앞에서 공기가 폭발한 이상, 뜨거운 돌풍이 몰아친 정도에 그친 우리 쪽과 달리, 그 반대편… 즉 '거미'가 있는 쪽에는 불과 뒤섞인 열풍이 세차게 몰아쳤을 터.

갑옷으로 덮여 있었다면 모를까, 갑옷 일부를 열어서 얼굴을 노출하고 있었으니 얼굴이 완전히 불에 탔을 것이다.

불꽃이 사그라지고 시야가 원래대로 돌아왔을 때 우리들 눈에 보인 것은 미친 듯 날뛰고 있는 '거미'의 모습이었다!

다리와 촉수를 마구 휘둘러대며 비명과도 같은 바람 소리를 내고 있다. 그대로 균형을 잃고 땅바닥에 떨어진 후에도 '거미'는 계속 격렬하게 몸부림쳤다.

반응으로 보건대 장착자는 상당한 피해를 입은 모양이다.

기회를 놓치지 않고 그곳으로 곧바로 달려가는 가우리!

공격 마법을 무효로 만들 수 있는 자나파라고 해도 물리적으로 무적인 것은 아니다.

아마 지금 '거미' 자나파의 시야는 거의 막혀 있을 터!

가우리는 마구잡이로 휘둘러대고 있는 촉수를 피해 '거미' 본체로 달려들어, 들고 있던 검을….

휘두르기 직전.

돌연 가우리는 뒤로 돌아서더니 아무것도 없는 공간을 검으로 베었다!

—대체 무엇을…?

생각했을 때에는,

"아닛?!"

꽤 뒤쪽에서 사간의 목소리가,

《말도 안 돼!》

바로 옆에서 아라이나의 놀란 목소리가 각각 울려 퍼졌다.

—방금 그게 무엇인지는 잘 모르겠지만 테시아스와 사간이 쫓

아온 건가?!

돌아보니 이쪽으로 다가오는 그림자 두 개.

그중 하나인 '외눈박이'의 장갑이 일부 열려 있는 것을 멀리서도 확인할 수 있었다.

―무언가 마법을 쓸 생각인가?!

하지만….

"루코리아!"

몸부림치며 날뛰는 '거미'를 발견한 '2각수' 테시아스가 소리쳤다. 아마 루코리아라는 것은 '거미' 장착자의 이름일 것이다.

동시에 '2각수'가 우리와 '거미' 사이를 차단하듯 레이저 브레스를 난사하며 이쪽 움직임을 견제하기 시작했다.

좋아! 여기선 그 틈을 찌른다!

'거미'를 해치우는 척하다가 다른 거인을 노리는 거다! 잘하면 이대로 단숨에 결판을…!

하지만 그때.

나뭇잎 틈새로 엿보이는 창궁을 무언가의 날개가 가로지르더니….

두두두두두두!

빛의 창이 우리들 주위로 쏟아졌다!

방금 그건… 레이저 브레스?!

다행히 직격은 없었지만… 방금 지나간 녀석도 자나파인가?!

대체 상대는 몇 명이나 있는 거지?!

'거미'를 해치울 수 있는 찬스였지만 하늘을 날아다니는 녀석까지 있다면 무리한 공격은 불가능하다. 잘못하면 이쪽이 당할 뿐.

"퇴각하자!"

"응!"

내 외침에 가우리가 대답했고….

《포그르.》

아라이나가 다시 흰 안개를 만들어냈다.

불덩어리에 의해 발생한 화재를 진압함과 동시에 안개를 엄폐에 쓰려는 생각일 것이다.

"아라이나! 마을 외에 몸을 숨길 수 있을 만한 곳 어디 없어?!"

《…이쪽이에요…!》

몸을 돌려 달리는 그녀의 뒤를 쫓아 일행은 안개 속을 달려갔다….

마력의 등불이 비추고 있는 것은 이끼로 덮여 있는 흙벽.

공기는 차갑고 눅눅하지만 흙냄새는 잘 느껴지지 않는다.

《이곳이라면 발견될 일은 없을 거예요.》

그렇게 말하고 아라이나가 발길을 멈춘 곳은 조금 트인 장소였다.

"이곳은…"

나는 주위를 빙 둘러보았다.

그다지 진귀한 것은 없어 보인다. 천장과 벽을 지탱하고 있는 이끼 낀 기둥 정도일까?

"…폐광?"

《예. 녀석들의 아지트를 찾다가 발견한 거예요.》

그녀가 작게 고개를 끄덕였다.

―그 후….

녀석들은 결국 도망치는 우리를 쫓아오지 않았다.

'거미' 장착자인 루코리아의 구출과 치료를 우선시한 건지, 아니면 단순히 안개 때문에 우리들의 행방을 놓친 건지.

아무튼 그대로 아라이나를 따라서 오게 된 곳이 여기다.

꽤 오래된 폐광인 듯 반쯤 매몰되어 있었고, 수풀로 가린 출입구는 아라이나가 안내해주지 않았다면 그 존재를 눈치채지도 못했을 것이다.

만약 지금 혼자 한나절 정도 밖에서 돌아다니다 다시 여기로 돌아오라고 한다면 입구를 자력으로 발견할 자신이 없다.

아라이나는 작게 숨을 들이마시더니,

《…리나.》

나의 눈을 응시하며 똑바로 이쪽으로 걸어왔다.

―뭐, 어쩔 수 없지.

나는 그녀의 시선을 정면으로 마주하며 어금니를 꽉 깨물었다. 하지만….

아라이나는 그 직후, 시선을 이리저리 돌리더니 결국 고개까지 돌리고 유턴해버렸다.

"아니, 잠깐만."

나는 무심코 그 어깨를 뒤에서 덥석 붙잡았다.

《뭐, 뭔가요? 리나.》

"아니, 너 방금 전까지 '아무리 녀석들의 주의를 끌기 위해서라고 해도 숲을 마구잡이로 파괴한 건 용서할 수 없어! 최소한 한마디 따끔하게 해주지 않으면 직성이 풀리지 않아!'라는 느낌이었잖아! 그런데 어째서 거기서 유턴하는 거야?!"

《…리나의 눈이 무서워서요….》

"째려본 게 아니야! 이쪽은 따귀 한 대 정도는 맞아줄 생각이었다고!"

《그런…, 리나에게 따귀라니… 손이 부러지면 어쩌려고 그래요?!》

"부러질 리 없잖아아아아아! 내 뺨이 대체 뭘로 만들어져 있다고 생각하는 거야?!

…뭐… 어찌 됐건…

너를 불쾌하게 만들 줄은 알고 있었지만 녀석들을 마을에서 떼어놓을 방법이 따로 생각나지 않았어….

그 점은… 사과할게.

미안해."

나는 고분고분 고개를 숙였다.

《…알고 있으면 됐어요…. 아, 그렇다고 숲을 또 마구잡이로 불태우면 곤란하지만.》

"아니, 안 불태워. 안 불태운다고."

허둥지둥 손사래를 치는 나.

숲의 나무들은 엘프뿐 아니라 대장간 일을 하는 아텟사 마을에도 중요한 자원이다.

아까는 상황이 상황이라 그런 수단을 취할 수밖에 없었지만, 딱히 불을 보고 즐거워하는 취미는 없다.

"불이라고 하니 생각났는데, 아까 그 '거미' 타입은 플랜트 골렘을 써서 우리들로 하여금 안개를 해제하게 만든 후 불덩어리를 썼잖아….

그런 건 엘프 입장에서 괜찮은 거야?"

《아마 우리를 해치운 후 자신이 직접 불을 끌 생각이었을 테지만…,

어디까지를 용인할 수 있는지는 사람마다 다르겠죠. 잔가지 하나 부러뜨리는 것도 용납하지 못하는 사람이 있는가 하면, 무언가 사정이 있으면 다소는 용인해주는 사람도 있어요.

개인적으로는 숲에서 불을 쓰는 것에는 조금 거부감이 있지만요.》

"그런 건가…?

나도 딱히 숲을 파괴하고 싶은 건 아니지만 녀석들을 견제할 수단이 딱히 없어서 말야….

그래서 그쪽이 마을에 손을 댄다면 이쪽은 숲을 파괴하겠다고 선언한 건데, 그런 까닭에 녀석들은 마을을 공격하기 전에 아마

나부터 노리겠지."

"하지만 그래선 마을로 못 돌아가지 않나?"

제르가디스가 말했다.

"만약 우리가 마을로 돌아간 걸 녀석들이 알게 된다면…."

"…뭐, 마을과 우리를 함께 날려버리려 하겠지.

녀석들에겐 그게 가장 빠른 방법이니까."

그렇게 말하고 나는 머리를 벅벅 긁었다.

―녀석들이 작심하고 공격한다면 무차별 광범위 공격주문과 자나파들의 레이저 브레스 일제 사격으로 아텟사 마을은 단숨에 궤멸하고 말 것이다.

아까 마을을 공격했을 때 그러지 않았던 이유는 아마 두 가지.

하나는 목적이 궤멸이 아니라 인간들을 마을에서 쫓아내는 것이라서.

그리고 다른 하나는 마을 하나를 궤멸시키면 인간 사회를 완전히 적으로 돌리게 되어서이다.

하지만 마을에 손을 대면 숲을 날려버리겠다고 선언한 이상, 녀석들이 다음에는 마을을 통째로 날려버릴 우려가 있다.

"그렇다면 일단 이곳에 거점을 두고 가끔 마을에서 보급을 받는 식으로 활동하는 수밖에 없겠어….

물론 이곳에만 계속 있으면 발견될 위험성이 있으니까 이곳저곳을 자주 어슬렁거려야겠지.

…아무튼 길어지면 여러모로 성가셔질 것 같네…."

《아예 이대로 어딘가로 도망치는 건 어때요…?》

아라이나가 물었다.

《그들은 리나를 발견하지 못하면 마을에 손을 대지 못해요. 그러니까 이대로 발견되지 않도록 어딘가로 가버리면 녀석들은 마음대로 움직이지 못하겠죠.》

"그건 나도 생각해봤지만…

무언가의 계기로 우리가 다른 곳으로 도망쳤다는 게 알려진다면 곧바로 마을을 공격할 거야.

그러니까 도망치지 않고 우리가 어떻게 하는 수밖에 없다고."

"승산은 있는 거야?"

제르가디스의 물음에 나는 고개를 끄덕인다.

"최근까지 움직임이 없던 녀석들이 행동을 개시한 건 쉽게 말해 자나파라는 힘을 손에 넣었기 때문이야.

그러니까,

자나파를 해치우거나 파괴하면 그게 절대적인 무기가 되지 않는다는 걸 깨닫고 체념하겠지.

물론 자나파는 위협적이지만 그렇다고 무적인 것은 아니야.

갑옷을 닫고 있을 때에는 이쪽 공격주문이 통하지 않는다고 생각하는 편이 좋겠지만 그 상태에서는 상대도 마법을 쓸 수 없어. 상대가 마법을 쓸 때에는 갑옷 일부를 열 필요가 있는 거지.

그리고 상대의 방어력을 웃도는 물리적인 공격이라면 갑옷에도 통할 거야. …뭐 평범한 검으로 쉽게 벨 수 있을 것 같지는 않지만… 그래도 혹시 가우리라면….”

“나?”

갑자기 이름을 불려서인지 옆에 멍하니 있던 가우리가 이쪽을 돌아보았다.

“응. 아까 마주친 녀석들 말인데, 너라면 그 갑옷을 벨 수 있어?”

자나파 갑옷을 베라는 것은 상식적으로 무리한 요구에 가깝지만 가우리와 그의 검이라면 불가능한 일만은 아닐 터.

“음……, 시험해보지 않으면 모르겠지만 꽤 단단해 보이긴 했어.”

《그러고 보니….》

아라이나가 문득 입을 열었다. 내 몸을 방패 삼아 가우리 쪽을 뒤에서 엿보면서,

《거기… 가우리 씨? 아까 아스트랄 사이드에서 날아온 공격을 칼로 쳐냈는데 그건 어떻게 한 거죠…?》

…….

““…뭐?!””

무심코 소리치는 나와 제르.

아스트랄 사이드에서 날아온 공격을… 쳐냈다고?! 가우리가?!

일단 해설하자면, 아스트랄 사이드라는 것은 이 물질세계와 표리일체의 공간으로, 마법을 쓸 때에는 마력으로 그곳에 긴섭해서 여러 가지 현상을 일으킨다.

기본적으로 인간은 볼 수 없는 세계인데….

"쳐낸 거야?!"

무심코 묻는 나였지만 가우리는 난처한 얼굴로,

"…아스라톨사이…? 그게 대체 누구야?"

"아니, 사람 이름이 아니라…."

《저기, 아까 '거미' 같은 녀석을 공격하려 했을 때….》

내 뒤에서 아라이나가 조심스레 말했다.

《'외눈박이'가 뒤에서 날린 공격을 검으로 쳐냈잖아요.》

그러고 보니 가우리는 불덩어리에 피해를 입고 땅에 떨어진 '거미'를 공격하려다 갑자기 중지하고 돌아서서 아무것도 없는 곳을 벤 적이 있는데….

"아…, 그거 말이지?"

그 말에 가우리는 별것 아니라는 듯,

"그곳을 베어야 한다는 생각이 들어서 벤 건데…… 뭔가 벤 거야?"

—그렇게 물어도 내가 알 리 없잖아….

《베었습니다.》

하지만 아라이나는 단언했다.

벤 거였어?!

그러고 보니 그때 '외눈박이'가 갑옷을 일부 열어놔서 장착자의 모습이 보이고 있었다. 그걸 보고 지금부터 마법을 쓰려나 보다 생각했는데 사실은 그 반대… 즉 아스트랄 사이드로부터 공격을 한 직후였던 건가?

《…보이지 않는 화살 같은 것을 벤 거라고 생각하면 돼요.

하지만… 인간은 아스트랄 사이드에서 일어난 일을 감지할 수 없을 텐데 어떻게 그런 일이 가능했죠?》

"어떻게냐니… 저기 뭐랄까…."

가우리는 검을 든 자세를 취하면서,

"'거미'를 공격할 생각으로 검을 뽑았는데 검이 당겨지는 듯한 느낌이 들었거든…. 아, 먼저 베어야 하는 무언가가 있구나 싶었지."

달인인지, 머리 나쁜 어린애인지 알 수 없는 소리를 한다. 가우리의 경우 그 둘 다지만.

"…참고로…

그 아스트랄 사이드에서 날아온 공격을 인간이 정통으로 맞으면 어떻게 되지?"

내 질문에 아라이나는 담담하게,

《운이 좋으면 실신. 보통은 정신이 붕괴해요.》

"극악무도하잖아! 그거 피할 수 있긴 한 거야…?"

《예. 그야 물론 피하려고 하면 피할 수 있지요.》

"피하려고 하면… 이라니… 애초에 인간에게는 보이지 않는데 어떻게…."

당연하지만 인간이 아스트랄 사이드에서 일어난 일을 탐지할 방법은 거의 없다.

완전히 없다고는 말할 수 없지만 전투 중에 쓸 수 있는 것은 아니다.

《그러고 보니… 그렇네요.》

"볼 수 있는 방법 같은 거… 없어?"

《엘프는 원래부터 보이니까, 딱히 다른 방법을 생각한 적은….

아, 하지만 아스트랄 사이드에서의 공격에는 시간이 좀 걸리니까 계속 움직이고 있으면 먼 거리에서 맞히는 건 좀 어려울 거라 생각해요.》

…계속 움직여야 한다니….

실질적으로 맞지 않기를 기도하는 것과 별 차이 없잖아.

"…그… 그래…?"

가우리는 그런 뭔지 모를 공격을 베어버린 건가?

어떻게 그런 일이… 아!

검이 당겨진 것 같다고 했는데… 혹시….

"아라이나!"

문득 떠올리고 나는 물었다.

"사실 가우리의 검은 사정이 좀 있어서 드래곤의 힘에 의해 예리함을 억누르는 술법이 걸려 있는 상태야. 엘프인 너라면 그 봉인을 풀 수도 있지 않을까 생각하는데… 시도해볼 수 있어?"

《예리함을… 억누르는 술법이라고요?》

의아하다는 표정으로 묻는 아라이나.

확실히 그 말만 들으면 의미를 알 수 없을 것이다.

"가우리의 검은 주위의 마력에 반응해서 예리함이 올라가는 특성을 가지고 있다고 해.

…이건 내 가설인데,

아스트랄 사이드로부터의 공격도 강력한 마력을 가지고 있기에 검의 특성이 그에 반응해서 당겨진 것처럼 느껴진 것 아닐까?"

내 설명에 아라이나는 생각에 잠긴 얼굴로,

《가능한… 이야기려나요…? 지금 단계에서는 부정도, 긍정도 할 수 없군요. 하지만… 실제로 베어버린 이상….》

"가설은 일단 접어두고라도, 그의 검은 너무 예리해서 툭하면 칼집까지 베어버리는 터라 드래곤에게 그런 술법을 걸어달라고 한 건데,

만약 본래의 예리함을 되찾는다면…

아스트랄 사이드로부터의 공격에 반응할 수 있을지 어떨지는 알 수 없지만, 자나파의 갑옷을 베는 것은 가능할지 몰라. 그러니까….."

《그런 사정 때문에 봉인한 거라면 푸는 게 가능할지 모르겠지만, 아무런 도구도 없이 하는 건 힘들어요….

짐은 마을 여관에 두고 온 터라.》

"알았어.

그럼 녀석들에게 들키지 않도록 밤에 몰래 짐을 챙기러 마을로 돌아가는 건 어때?

우리가 처한 상황을 모두에게 전할 필요도 있고 마을의 피해 상

황도 확인해야 하니까."

내 제안에 모두가 고개를 끄덕였다.

…아무래도 당분간 푹신푹신한 침대와 따뜻한 밥과는 작별해야 할 것 같은데,

얼른 녀석들을 해치우고 침대와 밥을 되찾아야겠다!

쾌적한 생활환경을 되찾기 위해 나는 '포레스트 하운드'에 대한 투지를 새롭게 불태우기 시작했다….

올려다보면 나무들 사이로 하늘과 별이 보이고,

시선을 내리면 검게 우거져 있는 숲만이….

—아니,

작디작은 등불 하나가 이리저리 흔들리면서 나무와 나무 사이, 길이 없는 곳을 나아가고 있다.

휴대용 등불은 세 방향을 무언가로 막고 있는 탓인지 간헐적으로만 반짝이는 오렌지색 등불은 어두운 밤을 밝히기엔 역부족이었지만 그래도 어둠 속에서는 충분히 튀어 보였다.

어둠으로 시각이 제한되어 있어서 그런지 여러 가지 소리가 귓가에 들려온다.

바람에 흔들리는 나뭇잎 소리. 이름도 모르는 밤새의 울음소리. 벌레들의 합창 소리.

마을을 벗어나 얼마나 걸었을까.

주위를 벌목하고 다시 심은 것인지 어린애 키 정도의 관목이 규

칙적으로 늘어서 있는 곳……,

작은 등불이 멈춘 곳은 그런 곳이었다.

그대로 얼마간 시간이 흐른 후….

이윽고.

"무슨 일 있었던 거야…?"

속삭이는 듯한 여자 목소리는 등불에서 조금 떨어진 곳에서 들렸다.

"…마을이… 공격받았어…."

희미한 남자 목소리는 등불 근처에서 났다.

등불은 천천히 여자 목소리가 난 쪽으로 다가가더니….

"…사상자도 나왔지…."

이윽고 휴대용 등불에 의해 어둠 속에서 사람 그림자 하나가 떠올랐다.

독특한 경갑옷을 걸친… 여자.

어둠 속에서 떠오른 그 용모는 오싹할 만큼 아름다웠고, 눈동자에선 휴대용 등불의 불빛이 일렁이고 있었다.

"…실행범은… 엘프… 라고 들었어."

휴대용 등불을 들고 있는 남자의 목소리.

"거짓말… 이지? 협력해준다고 했잖아…?"

"엘프라고 다 똑같이 행동하는 건 아니야.

내가 너에게 협력하고 있는 것은 사실이지만 마을을 노리고 있는 게 엘프인 것 또한 사실이겠지. 하지만 그런 사실을 말하면 너

는 나를 못 믿게 될 테니,

　그동안 말하지 못했던 거야."

　"그럼… 같은 편이라고 생각해도 되는 거지…?"

　매달리는 듯한 남자의 목소리.

　"그래…. 믿어도 돼. 나도 최대한 도울 테니까."

　"…알았어. 너를 믿을게…."

　"고마워….

　네게 힘이 될 수 있도록 좀 더 자세한 이야기를 들려줄래?

　마을이 습격당했을 때 용병 같은 사람들과 엘프가 요격에 나섰던 것 같은데 그 사람들은 대체 정체가 뭐지?"

　"아, 그들은 마을에 들렀던 여행자인데…."

　더 이상 간과할 수 없게 된 나는 남자의 말을 끊고,

　"아니, 그걸 믿냐! 멍청아! 프리즈 애로!"

　외우고 있던 마법을 날렸다!

　여자에게 날아가는 십여 줄기의 냉기 화살!

　"?!"

　피하지 못할 것을 깨달은 여자는 크게 오른손을 휘둘렀다….

　찰나.

　여자가 몸에 두르고 있던 갑옷 일부가 변형해서 거대한 방패가 되더니 내가 쏜 냉기의 화살을 모두 막아냈다.

　"뭐라고…?! 음…? 어?!"

　등불을 들고 있던 남자가 놀라 소리쳤을 때, 가우리는 여자를 향해 이미 달려가고 있었다!

하지만 검의 사정거리에 들어가기도 전에….

여자가 도약했다.

아니….

날았다.

도약과 동시에 갑옷은 전개 및 변형했고, 거대한 방패는 날개로 변해 그대로 밤하늘로 날아올랐다!

'날개' 자나파인가?!

경계 태세를 취하는 우리들. 하지만 상대는 애초에 싸울 생각이 없었는지 그대로 어딘가로 날아가버렸다.

가우리는 칼자루에서 손을 떼더니 홀로 남은 남자에게 다가가서 휴대용 등을 낚아챈 후 막히지 않은 쪽을 상대에게 향했다.

희미한 오렌지색 불빛에 비친 것은….

"너는…?!"

내 말문은 거기서 막혔다.

뜻밖의 정체에 할 말을 잃은 게 아니라 상대의 이름이 바로 떠오르지 않은 탓이다.

그러니까 음… 자경단의… 그래! 란다인가 하는 이름이었다.

―우리들은 짐을 회수하고 여러 사람들과 협의를 하기 위해 어둠을 틈타 몰래 아텟사 마을로 돌아가는 도중이었는데….

마을에 들어가기 전에 몰래 빠져나가는 등불을 발견하고 조용히 뒤를 밟아보니… 이런 광경이 펼쳐지고 있었던 것이다.

"대체 너는 여기서 뭘 하고 있는 거야…?"

"어…?! 너희는…?! 뭘 하다니? 이건… 음?"

아무래도 사태를 아직 이해하지 못한 듯 갈팡질팡하기만 한다.

어쩔 수 없이,

"…여기서 긴 이야기를 하는 것도 그러니까, 일단 여관으로 돌아가서 이야기를 듣기로 해."

나는 한숨을 내쉬며 그렇게 제안했다.

멀리서 술집의 소음이 들려온다.

아텟사 마을….

실버 리프 인으로 돌아온 우리들은 마크라일 씨에게 복귀를 알리고 3층에 있는 가우리의 방에 모여 있었다.

조금 넓다고는 해도 본래 1인용인 방에 나, 가우리, 제르, 아라이나, 마크라일 씨, 란다, 이렇게 여섯 명이나 들어와 있으니 솔직히 말해 엄청 좁다.

1층에 있는 술집 겸 식당에서 이야기를 하면 여유롭겠지만 그쪽에는 당연히 다른 손님도 있으니 그런 곳에서 중요한 이야기를 할 수는 없었다.

우선은 이쪽 사정을 내가 대략 설명한다.

마을을 습격한 녀석들을 요격하러 갔다가 엄청난 무기와 맞닥뜨려서 일단 몸을 숨기기로 했는데, 돌아오는 길에 란다가 어떤 여자 엘프와 만나고 있는 것을 보았다….

…전설 속의 존재인 자나파의 이름은 차마 입 밖에 낼 수 없어서 그 부분을 숨기고 대충 설명을 끝마쳤을 무렵, 란다도 그제야 사태를 이해했는지 램프 불빛으로도 분명히 알 수 있을 만큼 창백해져 있었다.

　"…그래서…."

　나는 란다 쪽을 보고,

　"어떤 경위로 그 여자를 만나 무엇을 하고 있었던 거지?"

　"…몰랐었어…. 이렇게 사정을 듣기 전까지는…."

　누구와도 시선을 마주치려 하지 않고 란다는 떨리는 목소리로 말했다.

　"마을을 노리고 있는 게… 설마 엘프였을 줄이야…."

　그가 더듬더듬 해준 이야기에 따르면, 마을에 못된 짓을 하고 있는 게 도적들이라고 다들 생각하고 있었을 무렵….

　도적을 찾아 그가 숲 속을 어슬렁거리다 만난 게 류시다라 밝힌 여자 엘프였다고 한다.

　누군가가 설치한 함정에 빠져 란다가 부상을 입었을 때 구해준 게 그녀였다고.

　―자신도 이 숲에 가끔 오는데 최근 도적들이 가까운 곳에 출몰하고 있다. 아마 함정도 그 도적들이 설치했을 거다. 도적들을 숲에서 내쫓고 싶다….

　그녀의 그런 말을 란다는 믿었다.

　협력을 제안한 것도 그녀 쪽.

―정기적으로 정보를 교환하며 함께 도적을 찾자. 다만 마을에 자신의 존재가 알려지면 그 소문을 들은 도적들에 의해 표적이 될 수도 있으니 자신에 대해선 다른 사람들에게 비밀로 해주길 바란다….

…듣고 보니 수상하기 짝이 없는 이야기다.

란다가 걸렸다는 함정도 아마 테시아스 일당이 설치했을 것이다.

하지만….

"…설마… 엘프가 그런 짓을 할 줄은 전혀 생각 못 했어…."

거의 울먹이는 목소리로 란다는 중얼거렸다.

이 숲 때문에 인간과 엘프 사이에 충돌이 있었던 것은 그가 태어나기 훨씬 전이고, 인간들은 엘프를 지성적이고 싸움을 좋아하지 않는다는 이미지로 기억하고 있으니,

접촉한 시점에서 눈치를 채라는 것은 무리한 요구일 것이다.

의심만이라면 같은 엘프인 아라이나도 그들이 보낸 스파이가 아닐까 생각할 수 있지만, 그건 절대 아닐 거라고 나는 확신하고 있다.

이유는 간단.

사람과의 교류가 절망적으로 서툰 그녀의 성격은 스파이에 치명적으로 맞지 않기 때문이다.

상대가 이런 녀석을 스파이로 보낼 만큼 어리석다면, 사건은 우리가 아텟사에 오기 전에 이미 해결되었을 것이다.

"저기 말야…."

란다는 고개를 들고 매달리는 듯한 시선으로 제르를 바라보며,

"정말… 그녀는… 류시다는 녀석들의 동료인 거야…? 무언가 오해가 있는 건…."

"틀림없어."

제르는 단언했다.

"녀석들과 함께 있었거든. 그러고 보니 마을 내부 정보를 모으고 있었던가.

마을 밖에서 일전을 치렀을 때에도 그 갑옷을 봤군.

그 갑옷은 테시아스가 신용하는 사람에게만 지급하는 장비야. 신용이 없는 나에게는 갑옷의 존재조차 감추고 있었을 정도지."

싸웠을 때에는 맨얼굴이 아니라 날개를 힐끔 보았을 뿐이지만 적의 일원이라는 것은 틀림없다.

"그럼…."

그는 절망한 표정으로,

"나는… 감쪽같이 속아서… 마을을 노리고 있는 녀석들에게 정보를 흘리고 있었던 건가…? 그것 때문에 그동안 꼬리를 못 잡은 거였어…."

실의에 빠지는 것은 이해가 된다. 그러고 보니 상대가 엘프라는 걸 알았을 때 무척 동요하는 기색이었는데, 그것 역시 자신이 이용당하고 있었다는 걸 인정하고 싶지 않아서였나?

하지만.

"어떻게 이런 일이…. 나는… 나는 이제 어떻게 해야….""

"알 게 뭐야아아아아아!"

퍽!

외침 소리와 함께 나는 란다의 머리를 손날로 내리쳤다!

""에에에에에에에에에에?!""

무슨 까닭인지 다들 놀라 소리친다.

의미를 알 수 없는 그런 반응 따위 무시하고 나는 말을 이었다.

"지금은 너의 푸념이나 듣고 있을 때가 아니야! 책임이니 후회니 하는 말은 전부 끝난 후에 하도록 해!

지금 생각해야 하는 것은 앞으로 어떻게 하느냐 하는 거라고!"

"…아… 아니… 뭐… 그건 그렇지만…."

혼란스러운 눈빛으로 여전히 무언가를 중얼거리는 란다에게,

"어떻게든 책임을 지고 싶다면 그만큼 더 활약하도록 해! 처우는 마크라일 씨에게 맡기고! 알았지?

─자, 그럼."

나는 방에 있는 일동을 쭉 둘러보고,

"아까도 말했다시피 마을에 손을 대면 숲을 파괴한다고 선언한 이상, 우리가 마을에 있으면 녀석들은 마을과 우리를 한꺼번에 처리하려 들 거예요.

그래서 우리들은 필요한 짐을 챙겨 마을 밖으로 나간 후 거처를 옮겨가며 활동하기로 했어요.

이 부분의 사정은 마크라일 씨가 아멜리아에게도 전해주시길."

"그쪽의 거처는 알려줄 수 있습니까?"

마크라일 씨의 물음에 나는 고개를 저으며,

"만약 누군가에게 알리면 녀석들은 우리가 있는 곳을 알아내기 위해 그 누군가를 노릴 가능성이 있어요.

그런 일을 막기 위해서라도 장소는 알리지 않고 기본적으로 연락은 우리 쪽에서 하는 게 좋겠죠.

일단 지금은 식량 같은 걸 보급을 하고 싶은데 준비해줄래요?"

"물론입니다. 아, 이쪽도 보고할 게 있군요."

마크라일 씨가 말했다.

"상대의 정체가 밝혀지고 마을이 공격받기도 했기에 촌장은 정식으로 왕도 제피리아에 원군을 요청했습니다.

다만 곧바로 원군이 온다고 해도 도착에 열흘 이상 걸릴 예정이라는군요."

"열흘이요?"

나는 미간을 좁히며,

"너무 빠르지 않아요?"

이 마을에서 왕도까지는 원래 편도로 그 정도 걸린다.

"전령이 왕도에 도착한 날, 바로 병사들이 출발한다고 해도 시간이 좀 더 걸릴 것 같은데요?"

"아, 이 마을의 마법사 협회에는 왕도의 마법사 협회와 통화가 가능한 방이 있어서 말이죠. 그곳을 쓴 덕분에 이야기는 이미 그쪽에 전해졌습니다.

물론 전하기만 했을 뿐이고 왕국에서의 정식 답장은 아직입니다만."

"OK. 알았어요."

나는 납득했다.

정규 병사가 주둔하지 않고 자경단이 주력이라고 해도 국경 근처 마을인 이상, 만약의 경우에 대비한 방비는 하고 있다는 건가.

"아, 그렇다면 내일이라도 상대가 강력한 무장을 하고 있다는 것을 추가적으로 전달하는 편이 좋을지 모르겠네요.

구체적인 정보를 드리자면, 이쪽 공격주문은 전혀 안 통하지만 상대는 광선으로 공격한다고 전해주세요."

픕!

내 짧은 설명에 마크라일 씨는 작게 내뿜더니,

"…정말입니까…?"

"이런 상황에서 농담 따윈 안 해요."

"이길 수 있는 겁니까?! 그런 것을."

"이길 수밖에 없잖아요. 그런 것이라도."

"…아… 알겠습니다. 전하도록 하죠.

그것 외에 이쪽에서 할 수 있는 일이 더 있습니까? 필요하다면 자경단도 동원하겠습니다만…."

"지금은 됐어요."

그의 제안에 나는 답했다.

"머릿수를 늘린다고 녀석들이 고분고분 물러나줄 것 같지는 않으니까요.”

머릿수를 늘려봤자 자나파가 상대라면 피해만 더 커질 뿐이다.

“경우에 따라선 이것저것 더 부탁하게 될지 모르니 그때 잘 부탁해요.”

“물론입니다. 최대한 협조하도록 하죠.”

마크라일 씨는 힘차게 고개를 끄덕였다.

―제피리아에서 원군을 파견해준다는 건 고맙다. 가능하면 나도 뒷일을 전부 그들에게 맡기고 떠나고 싶지만… 자나파와 싸워본 적 없는 병사들이 그들에게 얼마나 대항할 수 있을지 알 수 없다.

뭐 고향에 있는 언니가 와준다면 한나절도 되기 전에 끝나버릴 것 같다는 생각도 들지만….

그리고 애초에 문제인 것은 내가 못을 박아두었다고는 해도 녀석들이 열흘이나 얌전히 있어줄까 하는 것이다.

이쪽 원군 정도는 그쪽도 예상하고 있을 터.

그렇다면… 공격할 날이 가까울지도 모른다….

칼이 칼집에서 빠지는 소리와 함께 희미한 어둠 속에 엷은 보라색 빛이 나타났다.

《…이건…?》

아라이나의 중얼거림이 약간 떨리고 있는 듯 느껴지는 것은 과연 나의 기분 탓일까?

벽에 있는 마력의 불빛을 반사하고 있는 게 아니라 스스로 희미한 빛을 내고 있는 가느다란 칼날.

《뭐죠…?》

"말했잖아. 주위 마력에 반응해서 예리함이 강해지는 칼날이라고."

나는 대답했다.

―마을에서 마크라일 씨 등과 협의를 마친 후.

우리 일행은 필요한 짐만을 챙겨서 은신처로 정해둔 폐광으로 돌아왔다.

물론 미행 등이 없는 것은 철저히 확인한 상태.

서늘하고 습한 탄광 속에서 램프가 비추고 있는 것은 이끼로 된 융단과 족자. 육포와 빵으로 식사를 마친 우리들은 한숨 돌리고 나서 아라이나에게 가우리의 검에 걸린 봉인을 해제해달라고 부탁한 것이다.

그녀가 여관에서 가져온 자루를 옆에 내려놓고 작업을 시작하자 나, 가우리, 제르는 주위에서 구경하기로 했다.

아라이나는 가우리가 건넨 검을 조용히 칼집에서 뽑더니 빨려든 것처럼 칼날에 시선을 고정시킨 채,

《원리는 알겠지만… 뭔가요? 이 술식….》

"술식?"

《보면 알잖아요. 도신에 빼곡히 적힌… 아, 그러고 보니 인간은 못 읽는군요.》

인간이 못 읽는다는 건 아스트랄 사이드에 속해 있는 문자라는 말인가?

"엘프에게는 그게 문자로 '보이는' 거야? 내 눈에는 그저 보라색으로 부옇게 빛나는 걸로밖에 안 보이는데…."

《어떻게 표현해야 할지…. 머리카락보다 가는 작은 문자가 여러 겹으로 겹쳐져서 빼곡히 적혀 있는데… 마력으로 예리함이 증가한다는 것은 이해할 수 있지만 세세한 부분이 너무 복잡해서…. 그보다 이거 꽤 엄청난 무기로군요.》

응, 알고 있어.

나는 굳이 말하지 않았지만 가우리가 천연덕스럽게,

"블래스트 소드라 하더라고."

《블래스…?!》

아라이나는 고개를 번쩍 들고 가우리를 쳐다보더니,

《무슨 소리를 하는 건가요?! 그건 전설의 검이라고요! …아, 하지만… 이건…?》

다시 도신으로 시선을 떨구고,

《…진짜… 일지도….》

"이거 전에는 빛의 검을 썼지만 말야."

《…아무리 그래도 그런 농담은…. 괜히 이것까지 거짓말 같잖아요.》

시선도 안 돌리고 말하는 아라이나. …뭐 믿지 않는 것도 무리는 아니라 생각하지만.

"그래서, 어때? 예리함을 떨어뜨리는 봉인은 풀 수 있을 것 같아?"

《아마 괜찮을 거예요. 언젠가는 풀 수 있도록 걸어둔 봉인 같으니까.》

말하면서 그녀는 여러 가지 물건을 자루에서 꺼내 주위에 늘어놓았다.

실패, 무언가의 약이 든 작은 병, 작은 수정… 아니, 색깔로 보건대 수정이 아니라 세레스타이트(천청석)려나? 그리고 무언가의 뼛조각과 말린 풀잎 등.

꺼내놓은 것들 중에는 마법에 어느 정도 정통한 내가 봐도 정체를 알 수 없는 것들이 여럿 있었다.

지금부터 내가 목격하는 것은 아마도 엘프의 마법 기술.

인간이 같은 일을 할 수 있을지는 모르지만 마법사인 나에게는 더할 나위 없이 흥미로운 일이다.

가까이 다가가서 자세히 살펴보고 싶지만 그러다 아라이나가 긴장해서 실패하면 의미가 없다.

램프 불빛이 닿을까 말까 하는 모호한 위치에서 몰래 살펴보는 게 한계겠지.

그녀는 작은 병 하나의 뚜껑을 따서 내용물을 왼쪽 검지에 조금 발랐다.

―가루처럼 보이는 그것이 무엇인지 묻고 싶었지만 작업을 중단시키고 싶지 않았기에 일단 침묵한다.

오른손으로 실패를 집어 들고 실을 왼손 검지와 엄지 사이에 끼운 채 가루를 묻혀가는 아라이나.

손가락 사이에서 가루가 묻은 실이 스륵스륵 뻗어 나왔다. 보통이라면 축 늘어져야 할 그것은 희미한 빛, 블래스트 소드의 도신이 띠고 있는 것과 같은 연보라색 빛을 띤 채 공중을 똑바로 나아가서 도신과 접촉했다. 그리고.

"어? 실이 사라졌네…?"

소리치는 가우리에게 아라이나는 실과 도신에 눈길을 고정한 채,

《사라진 게 아니라 실이 봉인 술식의 문자를 따라 달라붙은 거예요.》

"흠, 그렇군."

아무것도 이해하지 못했다는 걸 뻔히 알 수 있는 가우리의 적당하기 짝이 없는 맞장구.

《봉인의 문자를 촉매로 실과 일단 동화시킨 후 제거하기만 하면 끝나는 거죠.》

제거하기만 하면 끝난다니.

얼토당토않은 소리를 한다.

다시 말해 문자를 실로 덮어씌운 후 실을 제거하면 문자도 사라진다는 말이겠지만… 그런 얼토당토않은 일을 해낼 수 있는 게 엘프라는 말이겠지.

아라이나는 손가락으로 실에 가루를 묻혀 계속 내보내고 있다.

그런 따분한 작업이 얼마나 계속되었을까….

이윽고 그녀는 손놀림을 멈추고 작게 숨을 내쉬었다.

오른손으로 다른 작은 병을 집어 들고 뚜껑을 따서 실에 기울인다.

병 입구에서 점성이 있는 붉은 액체가 흘러나오더니 그 한 방울이 천천히 실에 닿았다….

그 순간.

붉은색이 훑고 지나갔다.

아마 액체가 실에 묻은 가루에 반응한 것이리라. 실을 따라 단숨에 이동한 붉은색 빛은 연보라색으로 빛나는 도신 위를 종횡무진 훑고 지나가서 붉게 빛나는 치밀한 문양—어쩌면 문자일지 모르겠지만—을 부각시켰다.

아라이나가,

무언가를 중얼거렸다.

아마 주문 같은 것이겠지만, 그것은 마법을 행사하기 위한 혼돈의 언어조차 아니어서 의미를 알 수 없었다.

그 순간.

—쨍.

작디작은 소리와 함께 붉은 문양이 도신에서 튕겨나가듯 분리되어 부서졌고, 순간적으로 허공에서 강한 빛을 내뿜은 후 빛의 잔재가 되어 탄광의 어둠 속에 녹아 사라졌다.

동시에 도신의 연보라색 광채가 약간… 하지만 명백히 더 강해졌다.

《이걸로 됐을 거예요.》

아라이나는 나에게 시선을 돌리더니 고개를 끄덕여 보이고,

《시험해보세요.》

"가우리, 부탁할게."

"응!"

가우리는 칼자루를 잡고 주위를 돌아보다가 동굴 한구석에 뒹굴고 있는 손바닥 크기의 돌을 발견하고 그쪽으로 다가갔다.

칼끝을 돌에 대고 무언가 감촉을 확인하더니,

"…음…."

대충 팔을 움직이자,

팍.

마치 잘 드는 칼로 사과를 두 쪽 낸 것 같은 소리를 내며 돌은 간단히 두 동강이 났다.

…음… 역시 너무 잘 든다.

가우리는 도신을 찬찬히 살펴보면서,

"이거… 칼집에 넣으면 역시 칼집까지 베어버릴 것 같아."

그것을 보고 있던 아라이나도,

《…이 검을 만든 사람은… 바보인가요?》

"나도 조금은 그렇게 생각해."

기술이 빼어난 장인들 중에는 자신이 어느 정도까지 할 수 있는지 시험해보고 싶어서 극단적이고 실용성이 없는 물건을 만들곤

한다.

이 검을 만든 게 누구인지는 전설에도 남아 있지 않지만 아마 그런 타입의 사람일 것이다.

너무 잘 들어서 오히려 다루기가 곤란했는지, 처음 이것을 입수했을 때에는 이 도신 위에 도신을 한겹 더 씌워놨었다. 주객이 전도되었달까, 완전히 애초의 목적을 상실했다.

"이거라면 자나파의 장갑도 벨 수 있을 거라 생각하지만 칼집도 없이 쭉 이대로 들고 다녀야 한다는 걸 생각하면…."

내 설명에 아라이나는 잠시 생각하다가,

《─그렇다면 칼집 안쪽에 칼날의 예리함을 봉인하는 술식을 그리는 건 어떤가요? 그렇게 하면 칼집을 안쪽에서 베는 일은 없을 거라 생각하는데.》

"나이스 아이디어야! 할 수 있어? 아라이나?!"

《해볼까요? 지금부터.》

"고마워! 부탁할게! 가우리! 칼집 가져와, 칼집! 그리고 끝날 때까지 검은 그대로 들고 있도록 하고!"

아라이나는 주위에 늘어놓은 돌을 다시 나열한 후 뼈인지 잎인지를 자루 안에 되돌리고 다른 잎과 작은 나뭇가지를 꺼냈다.

…….

"그런데 아라이나, 묻고 싶은 게 있는데 그 돌과 잎에는 무슨 의미가 있지? 전혀 쓰지 않았는데."

《…네?》

아라이나는 잠시 어리둥절하다는 표정을 짓고 나서,

《아아… 배치해서 의식용 마법진을 만든 거예요.》

"배치해서 의식용 마법진을 만들었다고?!"

또 엄청난 말을 대수롭지 않게 해서 나는 무심코 소리쳤다.

우리 인간들 사이에서 무언가의 의식용 마법진이라고 하면 여러 가지 소재와 마법약 등으로 잉크를 만들어서 일정한 크기로 진을 그리는 게 보통이다. 그리고 거기에 여러 가지 마법 도구를 추가적으로 배치하는 경우도 있다.

그런데… 이렇게 말하면 뭐하지만 어디에나 있을 법한 물건을 언뜻 적당히 배치한 것만으로 똑같은… 아니, 어쩌면 더 고성능의 진을 만들었다는 건가?

"…혹시 그것도 진이 완성되면 엘프에겐 '보이는' 거야?"

《네, 물론이에요. 완성되지 않으면 그냥 돌과 풀이지만요.》

나는 잠시 생각한 후 밑져야 본전이라는 생각으로 물어보았다.

"혹시나 해서 묻는데…

그런 진을 만들어서 누군가의 마력을 크게 증폭시키는 것도 가능해?"

《가능해요. 장소와 필요한 도구만 있다면.》

대답은 천연덕스럽게 돌아왔다.

"가능하다고?!"

《네. 하지만 리나의 마력을 증폭한다고 해도 진 밖으로 나오면 당연히 효과는 사라지니까, 진 안에서 쏜 공격주문의 위력이 올라

가는 정도예요.》

"응. 그건 알아.

사실 나도 전에 마력을 증폭시키는 탤리스먼을 가지고 있었던 적이 있는데 이런저런 사정으로 잃어버렸어.

그래서 그때에는 쓸 수 있었지만 지금은 쓸 수 없게 된 마법 같은 게 생겨버렸지.

혹시 그게 한정적인 상황에서라도 쓸 수 있게 된다면 무언가 도움이 되지 않을까 싶어.

—아, 그것 말고도 묻고 싶은 게 있는데…"

실제로 쓸 수 있을지 없을지는 알 수 없지만 만약 무언가에 쓸 수 있게 된다고 하면 그만큼 이득이기에,

나는 얼마간 엘프의 마법에 관한 이것저것을 하나부터 열까지 아라이나에게 꼬치꼬치 캐물었다….

4. 조용히 펼쳐진 갈등의 숲

창궁을 날개가 가로지른다.

몰랐다면 무슨 새인가 하고 생각했을 것이다.

"갔어?"

나무 뒤에 몸을 숨기고 제르가 말했다.

"보이지 않게는 되었군."

이건 가우리의 말.

"그럼… 가자."

내 말에 고개를 끄덕이고 일동은 다시 걷기 시작했다.

며칠 후….

우리들은 거처로 삼고 있던 폐광을 나와 숲 속을 걷고 있었다.

바람이 풀잎을 흔드는 가운데….

문득.

새와 벌레들의 울음소리가 끊겼다.

─온다…!

생각한 그 순간!

먼 곳에서 날아온 한 줄기 빛이 내 가슴을 꿰뚫었다!

자나파의 레이저 브레스인가!

동시에,

《포그르!》

아라이나가 마법을 발동시키자 주위를 하얀 안개가 가득 채우며 동시에 가슴을 관통당한 나와 다른 일행, 도합 네 명의 모습이 사라진다.

물론 말할 것까지도 없이 방금 빛에 관통당한 것은 환영.

마법을 쓴 것은 아라이나이다. 원리는 신기루 같은 것으로, 무언가를 다른 장소에 입체적으로 투영하기에 엘프 사이에서는 비교적 흔한 주문이라고 한다.

가상의 거대한 괴물을 이것으로 만들어내서 도적과 해로운 짐승들을 좇아내는 경우도 곧잘 있다고.

만들어낸 환영이 이동도 할 수 있다는 게 특기할 만한 부분. 물론 가까운 곳에서 본다면 부자연스러움은 감출 수 없지만 먼 곳에서는 간파하기 힘들다.

아마 테시아스 일당의 눈에는 레이저 브레스에 이쪽 한 명이 당한 순간, 안개로 시야를 가린 것처럼 보였을 것이다.

그렇다면 당연히 확인하기 위해 다가올 터.

그때가 바로 공격할 기회다.

아무튼 오늘 우리가 밖을 돌아다니고 있는 것은 녀석들에게 발견되어 공격을 유도하는 것이기 때문이다.

주위가 하얀 안개로 가득 차자 일동은 일제히 달려 나갔다.

향하는 곳은 방금 레이저 브레스가 발사된 곳.

—아마 상대의 작전은 이것일 것이다. '날개'가 이쪽을 발견하면 조금 거리를 두고 포위한 뒤 원거리에서의 일격을 신호로 일제히 공격하는 것.

그에 비해 이쪽 작전은 허상을 미끼로 녀석들을 낚은 후 하얀 안개로 시야를 차단하고 한 방향으로 돌파해서 각개격파하는 것.

가장 먼저 노릴 상대는 처음 일격을 쏜 상대.

원거리 사격이 특기인 걸 보면, 상대는 전에 안개 속에서 나를 정확히 활로 저격한 상대, '외눈박이'의 장착자 사간일 것이다.

달리는 사이에 시야 한구석에서 무언가가 힐끔 움직였다.

안개 너머로 작은 새처럼 보이는 작은 그림자가 우리와 나란히 이동하고 있다.

"피해!"

내가 소리침과 동시에 전원이 좌우로 도약했고….

파앗!

섬광이 일동이 있었던 곳을 뚫고 지나갔다!

레이저 브레스!

"가우리! 가까운 곳에 처음 보는 이상한 새 같은 게 있으면 닥치는 대로 베어버려!"

"알았어!"

대답이 끝나자마자 무언가를 발견했는지 그는 옆으로 도약하며 검을 뽑았다!

연보라색 인광이 안개에 잔광을 새긴다.

툭 하고 무언가가 땅에 떨어졌다.

"어떤 걸 벴어?!"

내가 묻자,

"회색 새? 하지만 피 같은 건 안 나네?"

"그거 맞아! 비슷한 게 보이면 다 베어버려!"

"대체 뭐지?!"

묻는 제르에게 나는 대답했다.

"아마 '외눈박이'의 단말일 거야! 상대는 그것을 써서 우리가 있는 곳을 탐지하고 있어!"

전에 사간은 안개 속에서 화살로 정확한 저격을 해 보였다.

나는 그것을 나무 뒤나 수풀 속에 숨겨둔 작은 사역마들이 이쪽 위치를 캐고 있는 것에서 추측해냈다.

—물론 자나파는 장착자를 아스트랄 사이드에서 차단하고 있기에 사역마도 마찬가지로 조종하지 못한다.

하지만 그들의 자나파가 개개인에 맞추어 조정되어 있다면… 사역마 역할을 맡은 단말로 이쪽 위치를 캘 수 있지 않을까?

추측에 추측을 더한 상상이었지만 아무래도 그 추측이 맞은 것 같다.

바닥에 자라난 수풀을 박차며 일동은 내달렸다. 가우리가 검을 휘두를 때마다 '외눈박이'의 단말이 절단되어 땅에 떨어진다.

숲의 나무들이 차단하고 있어선지, 아니면 단말이 몇 개 파괴된 영향인지, 레이저 브레스의 다음 공격이 날아오지 않고 있다.

무엇보다도 가장 큰 수확은 가우리의 검으로 단말… 즉 같은 재질로 되어 있는 자나파를 벨 수 있음을 알게 된 것이다.

그때.

펑!

향하고 있는 곳의 상공에서 폭발음.

'외눈박이'가 자신이 현재 표적이 되었음을 알리기 위해 장갑을 열고 요란한 소리가 나는 무언가의 마법을 상공으로 쏘아올린 것이다.

그렇다면.

"저쪽이야!"

나는 적당히 오른쪽을 가리켰다.

다들 곧바로 의도를 이해해주었기에 다 함께 직각으로 진로를 변경. 달리면서 아라이나가 다시 안개마법으로 연막을 펼친다.

그대로 똑바로 달렸다면 아마 '외눈박이'는 장소를 이동해서 모습을 감추었을 테고 곧 다른 자나파들에게 포위되었을 것이다.

그렇다면 진로를 바꾸어 다른 녀석을 노리는 편이 낫다.

코스를 바꾸어 달린 지 얼마 되지 않아,

다그닥. 다그닥. 다그닥.

옆에서 소리가 들렸다.

대지를 박차고 이쪽으로 다가오는 발소리는 리듬상 말을 연상시켰다.

물론 이런 곳을 이런 때에 평범한 말이 달리고 있을 것으론 생각되지 않는다. 그렇다면 그런 타입의 자나파라고 생각하는 편이 좋을 것이다.

"제르는 땅! 가우리는 칼! 아라이나는 여차할 때 지원!"

"응!"

"알았어!"

《네?! 네?!》

내 말에 아라이나 외엔 곧바로 반응.

나와 제르는 주문을 외우면서 나무 뒤로 몸을 숨겼고, 가우리는 발소리가 다가오는 쪽을 향해 검을 겨누었다.

아라이나는 잠시 허둥대다가 옆에 있는 수풀 속에 몸을 숨겼다.

그와 거의 동시에,

다그닥! 다그닥! 다그닥!

가까운 곳을 달리는 소리와 함께 안개 너머에서 떠오르는 그림 자!

거대한 말의 몸체에 목 대신 인간의 상반신을 붙인 반인반마의 실루엣. 그 양손, 즉 왼손과 오른손에는 장창 같은 무기를 하나씩 들고 있다.

'인마'는 이쪽을 발견하자마자,

"인간 따위가아아아아!"

남자 목소리로 소리치며 더욱 힘차게 땅을 박찼다!

꽤 조밀하게 나무가 자라나 있지만 속도를 떨구지 않고… 오히 려 속도를 늘리면서 이쪽과의 거리를 좁혀온다!

생각했던 것보다 빠르다!

나는 땅에 손을 대고….

"베피스 브링!"

터널을 파는 마법이다. 이것을 땅 바로 밑, 지표면과 평행하게 뚫으면 길쭉한 즉석 함정이 만들어진다!

그리고 제르는….

"다그 하우트!"

대지의 창을 만들어내는 마법!

이것들로 이중으로 움직임을 멈추고 가우리의 검기로 다리 하나라도 베어낼 수 있다면….

하지만.

계산하지 않은 일은 언제든 일어난다. '인마'의 가속이 내 예상을 웃돌았던 것이다!

―그 순간에 일어난 일을 나는 결코 잊지 못할 것이다….

마치 시간이 느려진 것처럼 모든 광경이 뇌리에 새겨진다.

'인마'의 앞다리가 내 마법으로 만들어진 함정을 정통으로 밟았다. 앞다리가 함정에 걸려 고꾸라졌을 때….

말의 배 밑에서 제르의 마법이 만들어낸 대지의 창이 솟구쳤다!

하지만 역시 대지의 창으로는 자나파의 강력한 장갑을 꿰뚫지 못했고….

그 결과.

―엄청 날아가네?!

"아아아아아아아아?!"

비명 소리와 함께 빙글빙글 종회전하며 날아가는 '인마'!

"어?! 어?! 어?! 어?!"

가우리도 이 사태에는 놀랐지만 그래도 허둥지둥 뒤로 물러나서 위치를 조정했고,

낙하한 타이밍에….

촤악!

일섬!

'인마'는 그대로 낙하해서 가우리 뒤쪽에 있는 땅에,

우당탕쿵쾅 촤아아악!

적이지만 왠지 불쌍한 소리를 내며 추락했다.

…조용….

한순간의 침묵.

"…큭…!"

그래도 의식은 남아 있었는지 '인마'가 약간 꿈틀대고 있다.

《에잇.》

아, 아라이나가 추가타를 날렸다.

퍼어어어어어엉!

그녀의 마법에 의해 출현한 거대한 대지의 창… 아니, 파성추(破城槌)가 다시 '인마'를 하늘 높이 튕겨 올렸다.

날아오른 '인마'의 동체가 두 쪽으로 쪼개지는 게 보였다.

―아마 가우리의 참격에 일도양단까지는 아니어도 깊은 상처가 났는데 낙하의 충격과 아라이나의 추가타로 마침내 뚝 부러진 것이리라.

　웃기다고 하면 웃기지만 웃으면 안 될 것 같은 불쌍함.

　…이건… 우리 쪽 운이 좋았다고 해야 할까, 아니면 상대 쪽 운이 정말 나빴다고 해야 할까….

　…음… 적이지만 왠지 미안하군.

　두 쪽 난 '인마'는 후두둑 후두둑 땅으로 떨어졌다. 일동이 말없이 바라보는 가운데….

　"…으… 윽…."

　장착자의 신음 소리가 들렸다.

　―그렇군. 장착자가 들어가 있었던 곳은 '인마'의 상반신과 앞다리 부분! 즉 말의 배를 베여서 두 동강이 나도 장착자에게는 피해가 없다는 이야기!

　그걸 깨닫고 경계하는 우리들. 가우리도 땅을 박차고 달려든다.

　"까… 까불지 마라! 인간 따위가아아아아아!"

　그렇게 소리친 '인마'의 앞부분은….

　땅에 널브러진 채 조금 꿈틀댔을 뿐이었다.

　이상한 낌새에 당황한 가우리가 거리를 조금 둔 곳에서 걸음을 늦추었다.

　"이 정도의 손상은! 이! 자나파의! 힘을! 이용하면! 이용! 한다면! 어? 무겁?!"

바둥대는 모습을 바라보다가… 나는 문득 어느 사실을 깨달았다.

"이봐, 안에 있는 너."

내 목소리에 반응해서 움직임이 멈춘다. 아무래도 들리고는 있는 듯하다.

"혹시나 해서 묻는데 생체라고 한 이상, 봉마장갑 자나파는 갑옷 자체가 살아 있다는 말이지?

그럼 갑옷이 죽어버리면 아무것도 못 하게 되는 것 아냐?"

―레이저 브레스의 발사는 커녕 제대로 움직이는 것조차도.

"뭣?"

안에 있는 사람의 멍한 목소리.

얼마간 부스럭부스럭 움직여보더니….

"제기랄! 이렇게 된 이상!"

딸칵!

소리를 내며 갑옷이 튕겨 날아갔다!

자나파가 죽더라도 갑옷의 강제 분리는 가능한 모양이다.

해방되어 안에서 나타난 남자가 비틀비틀 일어섰다.

이쪽을 향해 고개를 든다….

그 얼굴에,

퍼억

날아차기를 날린 내 발바닥이 정통으로 박혔다.

일격에 완전히 뻗어버린 그를 보고,

"이 녀석은… 카시디아르?!"

제르가 놀라 소리쳤다.

'포레스트 하운드'에 잠입해 있을 때 안 상대인 모양이다.

"녀석들의 일원… 맞지?"

그렇게 묻는 나.

"그래. 실력자지만… 꽤 꼴사납게 당한 것 같아서 말야…."

"아…."

뭐 확실히 방금 그건….

가우리도 난처한 얼굴로,

"저기… 그래서 어떻게 할까?

왠지 이대로 숨통을 끊는 건 몹시 꺼려지는데…."

"…우… 웅…."

아무리 나라도 이번에는 망설여졌다.

확실히 그의 말대로지만, 정신을 차리고 주문 공격이라도 한다
면 성가시다.

하지만 망설일 틈도 없이,

《마인드래스트!》

콰앙!

아라이나가 다짜고짜 무언가의 마법을 기절한 엘프에게 날렸
다!

"야! 너?!"

《…아, 정신에 대미지를 입히는 마법이에요.》

무심코 항의한 나에게 그녀는 말했다.

《이로써 며칠은 깨어나지 못할 테고, 혹시 깨더라도 얼마간은 제대로 마법을 쓸 수 없을 겁니다….》

그렇군. 인간이 쓰는 에르메키아 란스 같은 건가?

"그럼 잘했어!"

그렇게 말하고 엄지 척.

자나파가 모두 몇 개 있는지는 알 수 없지만 일단 이것으로 한 개!

다른 것들도 모두 이런 식으로 해치울 수 있으면 좋겠지만… 아무리 그래도 이렇게 잘 풀리진 않을 것이다.

이번 싸움의 전말은 '외눈박이'의 단말을 통해 알려졌을 터. 그렇다면 다음은 어디로 가지?

어디로 갈지 결정하기도 전에,

"다음 녀석이 왔어!"

소리친 가우리의 시선을 좇아가보니 안개 너머에서 번져 나오는 그림자!

'인마'가 일으킨 사고…, 아니, 전투음을 듣고 다른 자나파가 온 건가?!

허를 찔러 선제공격을 하고 싶지만 공격주문이 통하지 않는 상대라는 게 답답하다.

안개 너머에서 떠오른 것은 중갑옷 그 자체였다.

팔도 굵고 다리도 굵으며 동체도 두껍다. 목은 거의 동체에 매몰되어 있고 요소요소에 뾰족한 뿔이 나 있다. 방패와 무기는 들고 있지 않지만 만약 오거용 중갑옷을 만든다면 이런 느낌일 것이다.

물론 자나파가 틀림없을 터. 전신은 회색이고 등에는 촉수가 네 개. 그 끝부분에는 레이저 브레스의 발사구로 보이는 루비색 물체가 보인다.

'중갑옷'은 이쪽 그림자를 확인하자마자 땅을 내달려 이쪽과의 거리를 좁히다가,

"아닛…?!"

동요한 목소리를 내며 발을 멈추었다.

장착자의 시선은 보이지 않지만 '인마'의 잔해를 보고 놀란 것은 틀림없다.

"이럴 수가…! 카시디아르가 당하다니!"

동료가 쓰러져서 동요하는 것은 이해하지만 빈틈이 너무 많다!

"다크 미스트!"

제르가 주문을 발동시켰다!

방 하나 정도의 범위에 검은 안개를 발생시키는 마법이다. 공격력은 없고 그저 시야를 빼앗을 뿐인 마법으로, 보통은 상대를 감싸는 형태로 발동하지만 이번에 제르가 발동시킨 곳은 상대 바로 옆.

'중갑옷'이 동요하고 있을 때, 돌연 가까운 곳에 검은 공간이 출

현한 것이니,

"?!"

반사적으로 그쪽을 돌아보고 거리를 벌리기 위해 뒷걸음질.

어둠 속에 숨어서 공격할 거라 예측한 것이겠지만 사실은 그 반대다.

'중갑옷'의 의식이 검은 안개로 쏠린 그 순간, 가우리가 땅을 박차고 상대의 뒤에서 달려들었다!

하지만 그때!

"윈블래스트."

팟!

목소리와 함께 '중갑옷'이 터졌다!

그 여파로 뒤로 튕겨 날아가는 가우리!

—아니…, 튕겨나간 게 아니라 파열 직전 스스로 뒤로 도약해서 위력을 죽인 것이다.

착지한 발밑을 노리고 레이저 브레스를 연속으로 두 번 발사했기에 가우리는 다시 후퇴할 수밖에 없었다.

"무사해?!"

묻는 목소리는 테시아스의 것.

안개 너머에서 '2각수'가 등장했다.

그는 '중갑옷'에게 가우리가 달려드는 것을 목격하고 공격주문을 썼다.

가우리가 아니라 '중갑옷'에게.

가우리를 노렸다면 피하고 나서 '중갑옷'에 공격을 가할 수도 있었지만, '중갑옷'을 노렸기에 '중갑옷'은 자나파의 보호로 무사한 반면, 가우리는 그대로 다가갔다간 공격의 여파에 휘말릴 수 있었다. 적이지만 나쁘지 않은 판단이다.

하지만… 방금 공격주문을 날린 것치고는 '2각수'의 장갑에 열려 있는 부분이 보이지 않는 게 마음에 걸린다.

"나는 무사하지만… 카시디아르가 당했어!"

'중갑옷'의 대답에 '2각수' 테시아스는,

"뭐라고?! 카시디아르 정도의 실력자가?! 자나파를 입고 있는 상태에서 말야?!"

경악해서 소리쳤다.

…그나저나 '인마' 안에 있던 그 녀석, 동료들의 평가가 상당히 높네.

제르도 말했지만 혹시 제대로 붙었다면 상당한 강적이었던 건가?

"…나는… 보고 있었어…."

흐릿한 목소리와 함께 옆에 있는 안개에서 등장한 것은 '외눈박이' 사간.

가우리에게 파괴되지 않은 단말을 통해 상황을 보고 있었던 모양이다.

"접촉과 동시에… 믿기지 않을 정도의 연계로… 순식간에…."

말하는 목소리가 동요로 떨리고 있다.

…뭐… 믿기지 않는 연계라기보다는 사고에 가까웠지만 그것을 정정할 필요는 없겠지.

단말이 영상만을 전했다면 그때 가우리가 당황해서 외친 소리는 '외눈박이'에게 전해지지 않았을 것이다.

그렇다면!

"아직 숨통은 안 끊었어!"

상대가 위축되어 있다면 허세를 부릴 뿐! 이때다 싶어 나는 소리쳤다.

"하지만 더 이상 계속한다면 다음부터는 안 봐줄 거야!"

경위는 어찌 됐건 '인마'를 해치운 것은 틀림없는 사실. 게다가 이쪽은 아무런 피해도 없는 상태.

녀석들의 행동이 과격해진 이유가 자나파를 입수한 것에 있는 이상, 그 자나파가 한 대라도 파괴된 것은 상당한 충격일 게 분명하다.

내 말에 그들은 동요한 기색을 드러냈지만….

돌연.

가우리가 달렸다.

서 있는 아라이나를 밀쳐내고 함께 뒹군다….

그리고 방금 전까지 아라이나가 있었던 공간을 레이저 브레스가 휩쓸고 지나갔다!

눈길을 돌려보니 나무들 사이 틈새에서 다리를 뻗고 있는 회색 그림자!

"겁먹을 것 없어!"

'거미' 루코리아의 목소리가 울려 퍼졌다.

"내 자나파를 믿어! 상대는 우리 갑옷을 벨 수 있는 수단을 가지고 있는 것 같지만 아마 무기는 그것뿐일 거야! 마법이 이쪽에 통하지 않는 것은 변함없다고!"

─칫! 간파당했나!

내 자나파라고 한 걸 보면 이 자나파들을 만들어낸 건 이 녀석인가!

"하지만…!"

목소리와 함께 날개를 접고 '거미' 옆에 '날개' 뮤시다가 내려앉았다. 모두가 모여 있는 것을 보고 내려온 것이리라.

이로써 여섯 명….

제르의 지식에 따르면 '포레스트 하운드'의 메인 멤버가 거의 다 모인 셈이다.

…이것으로 자나파는 끝이었으면 좋겠는데….

"하지만 실제로 카시디아르가 당했잖아! 그 카시디아르가 말야!"

"침착하게 대처하면 되는 이야기야!"

당황하는 '날개'에게 '거미'가 소리쳤다.

"나란히 서서 레이저 브레스를 일제히 쏘면 확실히 죽일 수 있다!"

헉! 아무리 그래도 그건 막기 힘들다!

허나.

"하지만! 그래서는 숲의 나무들이!"

동료인 '중갑옷'이 항의했지만, 그것을 '거미'는 일축했다.

"지금! 숲의 일부가 좀 다치는 것과, 여기서 포기하고 인간이 쭉 숲을 유린하는 것을 지켜보는 것 중 어느 것을 선택할 거야?!"

"……."

"그럼 해치운다!"

'거미'의 호령과 동시에….

"딜 블랜드!"

이번엔 나의 주문이 발동했다! 이쪽과 저쪽 사이의 땅을 터뜨려서 분출시킨다!

그 흙먼지를 엄폐물 삼아….

"달려!"

내 외침에 모두가 녀석들에게서 멀어지는 방향으로 달려갔다!

"놓치지 마라!"

'거미'의 목소리! 뒤에서 피할 수 없는 살기가 날아와 꽂힌다!

뒤에서 레이저 브레스의 난사가 시작되었다!

녀석들이 대열을 갖추기 전에 딜 블랜드의 흙먼지를 일으킨 탓에 질서정연한 사격이라고는 할 수 없지만 언제까지고 맞지 않을 거란 보장은….

"다크 미스트!"

제르가 뒤에 검은 안개를 만들어서 사선을 차단했다. 마력의 등불 정도는 꺼뜨리는 검은 안개지만 역시 레이저 브레스를 막을 수 있을 리는 없다.

그때.

우리가 향하는 곳에, 안개에 섞여 서 있는 흰색 그림자!

"아쿠아 컬레이드!"

해방된 주문과 함께 주위 공간이 일그러지더니 곧 원래대로 돌아왔다.

"크악…?!"

비명은 뒤에서 터졌다.

무슨 일이 일어났는지 확인하고 싶었지만 나는 눈앞에 서 있는 상대에게서 시선을 떼지 못하고 있었다.

"너…?!"

"와버렸어요!"

말하고 나서 웃는 얼굴로 고개를 끄덕이더니 아멜리아 윌 테슬라 세이룬은 승리 포즈를 취해 보였다.

—나는 상상했다….

아텟사 마을.

벽 밖에서 들리는 전투음.

불안한 표정으로 건물 안에 틀어박혀 있는 사람들.

우리가 싸우고 있다는 것을 알고 귀빈관의 테라스에서 보이지 않는 전장 쪽으로 시선을 돌리는 병사들.

그곳으로 달려오는 메이드.

아멜리아 공주가 다시 사라졌다는 말에 모두가 뒤집어진다.

…아마 그런 광경이 펼쳐지고 있겠지… 지금쯤….

순간적으로 그런 환각을 보고 나서 나는 억지로 의식을 현실로 되돌렸다.

…아멜리아가 성장했다고 생각한 적도 있었지만, 본질적인 부분은 역시 변하지 않은 모양이다.

어째서 온 거냐고 설교라도 해주고 싶은 대목이지만 지금은 그럴 때가 아니다.

상황을 확인하기 위해 뒤를 돌아본다.

눈앞에선 꽤 넓은 범위의 공간이 깜박거리고 있었다.

파란색, 녹색, 흰색, 갈색… 크고 작은 무수한 파편이 계속 변화를 거듭하고 있다.

비슷한 것을 들자면 만화경… 일까?

아까 풍경이 한순간 일그러졌다가 되돌아온 것은 저 안을 우리가 통과한 탓인가?

그것이 무엇인지를 이해할 틈도 없이 깜박거림은 돌연 사라지고 평범한 공간으로 되돌아왔다.

그 너머에 펼쳐진 광경은….

제르가 만들어낸 검은 안개가 레이저 브레스에 꿰뚫려 잔해가 되어 흩어진 모습.

더 먼 곳에서는,

'포레스트 하운드' 멤버의 시선이 집중된 가운데,

'중갑옷'의 배에 큰 구멍이 뚫려 있었다.

"…어… 어째서…?!"

멍해 있는 '날개'의 중얼거림에 반응한 것처럼,

쿠웅….

'중갑옷'은 무릎을 꿇더니 그대로 앞으로 고꾸라졌다.

"론디움!" "정신 차려! 이봐!"

제각각 '중갑옷'의 장착자를 부르는 '포레스트 하운드'의 멤버들.

'날개'의 장갑 각부가 열리더니 순식간에 접히면서 경갑옷으로 변했다. 장착자 류시다는 '중갑옷'에게 달려가서 회복주문인 듯한 것을 외우기 시작했다.

부상자가 자나파에 완전히 감싸여 있었다면 효과가 없었겠지만 배 언저리에 구멍이 뚫려 있으니….

"뭐하고 있어? 류시다! 갑옷을 해제하지 마!"

'거미'의 질타에….

"…퇴각하자."

이쪽을 빈틈없이 경계하면서 중얼거린 것은 '외눈박이'였다.

"무슨 나약한 소리를?!"

"레이저 브레스가 반사되었단 말이다!"

'거미'와 '외눈박이'의 호통 소리가 교차했다.

…뭣…?!

"…반사되었다고…?!"

멍하니 중얼거리고 아멜리아를 힐끔 쳐다보니,

"정확히는 굴절과 난반사예요!"

그녀는 크게 고개를 끄덕이고 말했다.

물론 나와 아멜리아도 '포레스트 하운드' 일당에게선 눈을 떼지 않고 있다.

"…아멜리아, 이런 마법도 쓸 수 있었구나…."

중얼거리는 나에게 그녀는,

"전에 자나파와 싸웠을 때,

저는 자나파의 제조법이 다른 곳으로 유출될 위험을 생각했어요!

그래서 세이룬에 돌아간 후 만일의 경우를 대비해서 마법사 협회 여러분과 함께 이 마법을 개발했지요!

바람을 제어해서 환영을 비추는 마법의 응용으로, 물까지 추가로 이용해서 레이저 브레스를 굴절 및 난반사시킬 수 있어요!"

―그런 마법을 개발하고 있었던 건가….

내심 조금 감탄한다.

"…아니, 잠깐만.

아멜리아는 어떻게 상대가 자나파라는 걸 알고 있는 거야? 마을 사람들에게는 말하지 않았을 텐데…."

"이쪽 공격주문은 통하지 않는데 상대는 광선으로 공격한다고 들었어요! 그런 건 자나파밖에 없잖아요!"

듣고 보니 그렇긴 하다!

아멜리아 역시 전에 우리와 함께 자나파와 싸운 적이 있었던 것이다.

특징을 듣고 상대의 정체를 깨닫는 게 당연.

"그런 이상, 레이저 브레스에 대항하는 마법을 쓸 수 있는 제가 나설 수밖에 없잖아요!

다만 원하는 곳으로 반사시킬 수 있는 것은 아닌데, 이번에는 운이 좋게도 반사된 게 상대에게 맞은 것 같네요!"

이번에도 사고 같은 거였다는 말이군.

하지만 자나파 장착자 중 두 명이 눈 깜짝할 사이에 당한 것은 녀석들에게 상당한 충격이었을 터.

대치하고 있는 동안 상대의 증원이 더 올 것 같은 낌새는 없다. 그럼 역시 상대 자나파는 이게 전부인가?

"퇴각하자! 테시아스!"

다시 '외눈박이'가 재촉했다.

"움직이기엔 좀 일렀던 거야! 이대로 가면 피해가 늘어날 뿐이라고!"

…또… 제멋대로인 소리를….

나는 내심 진절머리를 내며 중얼거렸다.

자나파라는 장난감을 얻고 신이 나서 마을을 난장판으로 만들어놓더니, 정작 자신들은 동료가 다치니까 피해가 더 늘어나기 전에 그만둔다고?

어린애냐?!

무릎을 꿇려놓고 질리도록 설교를 해주고 싶은 심정이지만, '알겠습니다. 그럼 끝까지 열심히 싸우도록 하죠'라는 식으로 나오면 그건 그것대로 곤란하니까 참는다.

하지만.

"웃기지 마!"

'거미'가 소리쳤다.

"이제 와서 피해가 늘어나니까 그만두자고?! 그런 게 용납될 수 있을 거라 생각해?!

나는 얼굴이 불에 탔단 말이다! 숲도 유린되었고 카시디아르와 론디움도 당했어! 이대로 염치없이 물러날 수 있을 것 같아?! 해낼 수 있을 거야! 해낼 수 있을 거라고! 내가 만들어낸 자나파가 있으면!"

"레이저 브레스가 봉인된 상태에서도 말야?"

'외눈박이'의 비꼬는 듯한 중얼거림.

"루코리아."

'2각수' 테시아스의 무거운 목소리.

"퇴각하자⋯."

"알았어⋯."

'거미'의 대답은 더욱 무거웠고⋯.

그 순간,

움찔! 하고 '중갑옷'이 튀었다.

"아닛…?!"

'외눈박이'가 흠칫 몸을 떨었고,

"무슨…?! 엇…?!"

테시아스의 당황한 목소리.

'중갑옷'에 회복주문을 걸고 있던 류시다의 경갑옷도 돌연 변화해서 날개를 펼치고 류시다를 감싸기 시작했다.

"?!"

하지만 류시다는 완전히 감싸이기 직전에 갑옷을 분리하고 앞으로 도약했다.

아연실색해서 돌아본 류시다의 눈앞에서, 주인을 잃은 갑옷은 다시 '날개' 자나파를 형성했다.

—무슨 일이 일어난 거지…?!

"알았어. 그럼 나 혼자서 싸우겠다."

'거미'의 선언에 나는 사태를 이해했다.

조금 옅어졌다고는 해도 주위에는 아직 안개가 끼어 있다.

그것 때문에 처음엔 눈치채지 못했지만 자세히 보니….

'거미'에서 뻗어 나온 여러 줄기의 촉수…. 나무 위에 있을 때에는 거미줄처럼 보이던 그것들이 쭉 뻗어서 '중갑옷', '외눈박이', '2각수', '날개'에 닿아 있었다.

"뭐야… 이게…?!"

류시다가 떨리는 목소리를 내고 있을 때 자나파들은 그녀의 눈앞에서 '거미'의 촉수에 의해 당겨지듯 한곳으로 모였고….

그런 가운데 '중갑옷'만이 분리되어 앞으로 쓰러졌다.

자나파들의 갑옷 일부가 벌어지고 다른 자나파 갑옷들과 서로 맞물리듯 합체하더니 거대한 하나의 덩어리가 되었다.

변화에 걸린 시간은 극히 짧은 순간.

놀란 목소리를 낸 '2각수' 테시아스와 '외눈박이' 사간이 무언가를 또 말하기도 전에,

—완성된 그것은… 그 무엇과도 닮지 않았다.

작은 2층집 정도의 크기는 될 것이다.

등을 맞대고 있는 '외눈박이'와 '2각수' 위에 올라탄 '거미'가 일그러진 머리처럼 보이기도 했다. '거미'의 다리는 밑에 있는 자나파와 연결되어 있는 것도 있지만 어떤 것은 그냥 공중에 붕 떠 있다. '날개'는 여러 개의 부분으로 일단 분리되고 나서 덩어리 이곳저곳에 크고 작은 날개를 마구잡이로 돋아나게 했다.

부분부분을 보면 '거미', '2각수', '외눈박이', '날개'의 특징을 갖추고 있지만 전체적으로는 질서를 포기한 기괴한 형상.

"대체 이건 뭐야?!"

"보면 알잖아…."

류시다의 비명에 가까운 물음에 대답한 것은 나였다.

"'거미'… 루코리아라고 했던가? 그 녀석이 자나파를 모두 흡수해서 조종하고 있는 거야…."

도중에 '중갑옷'을 뱉어낸 것은 장착자는 몰라도, 자나파 쪽이 죽어버려서 흡수하지 못했기 때문일 것이다.

"흡수…? 그런… 일이… 가능한 거야…?"

류시다가 아연실색해서 중얼거렸지만 실제로 그런 일이 일어났다.

자나파들을 만든 것이 이 '거미' 루코리아라면….

"자나파는 처음부터 이렇게 만들어진 거겠지."

나는 말했다.

"만약의 경우, 자신의 '거미'가 다른 자나파를 지배해서 조종할 수 있도록 말야."

'거미'의 촉수는 나무들 사이에 매달리기 위한 것이 아니라 본래 이것을 위한 것이었다.

"그런 말은 듣지 못했어!!"

류시다는 소리쳤다.

"지배라니… 말이 좀 심하군…."

그에 대해 루코리아는 타이르는 듯한 말투로,

"이것은 원래 말썽이 일어난 자나파가 만에 하나 폭주했을 때 제어 및 억제하기 위한 기능이야.

사실 다른 것들에도 똑같은 기능을 넣어서 상호 제어를 하는 게 이상적이었지만…

장착자가 숙련된 기술자여만 쓸 수 있는 기능이었던 터라 다른 자나파에는 이 기능을 넣지 않았을 뿐이다."

"테시아스와 사간은?! 무사한 거야?!"

그러고 보니 조종당할 때 소리친 이후로 두 사람의 목소리가 들리지 않는다. 목소리가 갑옷 밖으로 나오지 않고 있을 뿐인 건지, 아니면….

"걱정할 것 없어. 그것보다 류시다, 너는 론디움과 카시디아르의 상태를 보고 오도록 해. 나는…."

일그러진 덩어리의, 어디에 있는지 알 수 없는 눈이 이쪽을 쳐다본 것 같은 느낌이 들었다.

'이형(異形)'의 적의를 느끼고 경계하는 우리들.

아멜리아는 주문을 외우기 시작했고….

"이 녀석들을 해치우겠다."

'이형'이 선언한 순간,

회색 잔상이 허공을 갈랐다!

나, 아멜리아, 제르, 아라이나는 제각각 도약했고 가우리만은 그 자리에 서서 검을 휘둘렀다!

'이형'의 이곳저곳에 돋아난 날개, 그것들이 순식간에 변형해서 회색 창으로 변해 우리를 덮친 것이다.

가우리는 그것을 맞받아쳐서 베어냈다!

잘려나간 회색 창끝이 옆에 있는 땅에 박힌다.

"호오!"

루코리아의 목소리에서 배어 나오는 희색.

"그 검이었군!"

—아뿔싸…!

나는 내심 혀를 찼다.

'인마'의 잔해를 보면 이쪽에 자나파를 벨 수 있는 무기가 있다는 것을 바로 알 수 있다. '이형'의 방금 공격은 그것이 무엇인지 알아내기 위함이었던 모양이다.

동시에 가우리가 땅을 박찼다!

단숨에 공격해서 치명상을 입힐 생각인가?

'이형'에 흡수된 '외눈박이'의 양손이 들려 올라갔다. 그 손바닥에는 레이저 브레스의 발사구.

그때,

"아쿠아 컬레이드!"

아멜리아가 난반사 마법을 발동시켰다!

범위는 쭉 뻗은 '이형'의 양손을 감싸는 형태!

이로써 레이저 브레스는 섣불리 쏠 수 없다! 둘의 간격은 단숨에 좁혀졌고….

순간.

'이형'이 도약했다!

땅딸막하고 일그러진 외형에 걸맞지 않은 경쾌함과 민첩함으로 가우리의 머리 위…… 검을 뻗어도 닿지 않는 공간을 이동하며 촉수를 발사.

그것들을 주변 나무에 감아서 더욱 가속하고 자세를 제어하면서 향한 곳에는… 아라이나!

예상외의 속도와 움직임에 아라이나는 그저 멍청히 서 있을 뿐….

"다그 하우트!"

제르의 주문과 함께 만들어진 대지의 창이 날아온 '이형'을 허공에서 포착했다!

궤도가 바뀌고 속도가 떨어진 순간, 아라이나는 허둥지둥 거리를 벌렸다.

태세가 완전히 무너졌음에도 '이형'은 어려움 없이 착지했다.

그리고 아무리 봐도 균형을 잡을 수 있을 것 같지 않은 거구는 외형과 전혀 어울리지 않는 속도로 그대로 아라이나 쪽으로 향했다!

일단 경계해야 할 것은 자신을 베는 검. 다음은 동족인 엘프. 다른 인간들은 뒷전인 건가?! —아니면 처음 맞닥뜨렸을 때 자신의 불덩어리가 아라이나에게 튕겨나가 뼈아픈 타격을 입은 것에 대한 원한 때문에?

그대로 아라이나가 짓밟힐 것처럼 보였던 그때.

뒤쫓는 '이형'의 눈앞에서 아라이나의 모습이 돌연 사라졌다!

무언가의 마법… 이 아니라 채찍을 옆에 있는 나무에 감아서 억지로 방향을 전환하고 가속한 것이다.

순간적으로 아라이나의 모습을 놓치고 '이형'이 움직임을 멈춘 그 순간.

《어스 스로운!》

아라이나가 만들어낸 대지의 파성추가 '이형'을 튕겨 올렸다!

—아니.

자세히 보니 일격은 '이형'의 본체를 직격하지 않았다. '외눈박이', '2각수', '거미'의 손과 발로 치솟은 파성추를 붙잡고 직격을 피해 허공으로 날아오른 것이다!

거짓말 같은 반사 신경이다.

어쩌면 가우리 수준이거나 혹은 그 이상.

다만 이건 아마 장착자 루코리아의 능력이 아니다.

애초에 인간과 마찬가지로 팔과 다리가 두 개씩밖에 없는 엘프가 네 개의 팔과 다리, 그리고 거미 다리와 다수의 날개를 가진 '이형'을 말단까지 조작할 수 있을 리 없다. 다족 촉수를 가진 '거미' 때부터 그건 마찬가지였지만.

다시 말해 세세한 제어는 자나파 자체에게 맡기고 루코리아는 대략적인 지시만을 내리고 있을 뿐인 것이다.

그렇다면 루코리아를 혼란에 빠뜨려서 빈틈을 만드는 것도 가능하겠지만… 자나파에 의한 반사와 운동 능력은 장난이 아니다.

공중에서 '이형'의 일부…, 전에는 '외눈박이'였던 갑옷 일부가 열리더니 거기서 몇 개의 작은 돌멩이가 튀어나왔다.

작은 새 정도의 크기를 한 회색 물체들은 마구잡이로 아라이나에게 발사되었다!

저건… '외눈박이'가 안개 속에서 우리가 있는 곳을 알아내기 위해 날렸던 단말?!

본래는 정찰 및 감시 용도일 테지만 자나파의 일부인 이상, 강도는 상당할 터. 질량 무기처럼 쓴다면 투석 이상의 타격을 입힐 수 있다. 그리고 레이저 브레스와 달리 아멜리아의 마법으로는 어떻게 해볼 수도 없다.

그리고 당연히 이 단말에도 공격주문은 통하지 않을 것이다.

그렇다면!

"브 브라이머!"

나는 땅에 손을 대고 마법을 해방했다!

착지한 '이형'은 경계했는지 뒤로 물러났지만….

나의 '힘을 가진 말'에 호응해서, 달려들고 있던 단말들과 아라이나 사이의 땅이 크게 부풀어 올랐고….

부풀어 오른 그 땅에 단말들이 박혔다.

땅은 개의치 않고 박힌 단말들을 집어삼킨 채 부풀어 올라 '이형'에 비견할 만한 체격의 거인을 형성했다!

사용한 것은 골렘을 만들어내는 마법이다. 골렘은 술자의 간단한 명령을 들으며, 상당한 파워와 튼튼함을 자랑하지만 움직임은 결코 빠르지 않다.

물론 이런 것을 '이형'에게 보내봤자 승산은 없지만….

"골렘!"

나는 아텟사 마을 반대쪽을 가리키며 명령을 내렸다.

"저쪽을 향해 똑바로 전력 이동!"

땅이 삐걱거리는 소리와 함께 골렘은 내 명령에 따라 그쪽을 향해 나아가기 시작했다. 결코 움직임은 빠르지 않지만 거대한 만큼 보통 사람의 달리기 정도 속도는 나온다.

이것이 바로 필살! 단말 가지고 튀기!

'이형'이 이것을 저지하려면 골렘을 완전히 파괴하는 수밖에 없다. 하지만 레이저 브레스를 쓰면 아멜리아의 마법에 의해 반사되고 만다.

그렇다면 접근전으로 골렘을 파괴할 수밖에 없지만 '이형'이 그쪽에 신경 쓸 생각이라면 그 틈에 이쪽도 공격을 가할 수 있다!

그럴 생각이었지만….

"밤 플로전."

콰앙!

주문을 쏘는 소리와 함께 골렘을 공격주문이 직격했다!

방금 그것은…?

"테시아스?!"

동료를 치료하고 있던 류시다가 목소리 주인의 이름을 불렀다.

확실히 내 귀에도 방금 그건 테시아스의 목소리로 들렸는데….

이런 일이 있을 수 있는 건가?!

일단 자나파를 장착하고 있으면 주문을 쓸 수 없을 터.

—다만 이것은 갑옷의 일부를 열면 쓸 수 있게 되므로 어떻게든 된다.

아까 '중갑옷'을 가우리가 공격하려 했을 때 테시아스가 공격주문으로 엄호했었는데, 그때에도 '2각수'가 갑옷을 개방한 것처럼 보이지는 않았다.

다시 말해 '2각수'는 갑옷의 개방과 폐쇄가 밖에서는 구분이 안 되는… 혹은 구분하기 힘든 설계로 되어 있는 것이다.

하지만 그것은 그렇다고 쳐도,

퇴각을 선언했음에도 그것을 무시한 루코리아의 '거미'에 의해 억지로 흡수되어 조종당하던 테시아스가, 과연 루코리아에게 협력할 생각을 할까?

아니면 설마….

루코리아가 자나파를 통해 테시아스까지 조종해서 주문을 외우게 한 건가?!

어찌 됐건 주문이 날아올 때에는 날아온다고 생각하는 편이 좋을 것 같다.

날아가버린 골렘은 부슬부슬 그 형태가 무너져 내렸다. 그러자 골렘의 몸에 갇혀 있던 정찰 단말들이 다시 튀어나와 끈질기게 아라이나를 뒤쫓았다.

하지만 그때에는 이미 가우리가 몸을 돌려 달려와서 검을 휘두르고 있었다!

1섬, 2섬, 3섬, 4섬.

칼날이 잔상을 새길 때마다 단말이 절단되어 땅에 떨어진다.

그곳을 향해.

조금 떨어진 곳에 있던 '이형'이 손을 들어 자세를 취했다.

굳이 레이저 브레스를 쓸 생각인가?!

곧바로 아멜리아가 주문을….

발동시키려다가 망설이는 기색을 보였다.

—그렇군…. 이건….

"피해!"

나는 소리쳤다.

옆으로 도약하는 가우리와 아라이나. 단말의 분류로부터 두 사람 모두 간신히 몸을 피했다.

그것을 본 '이형'도 손을 내려 자세를 풀었다.

—제기랄… 성가시네….

'이형'이 노린 것은 단말과 레이저 브레스의 동시 공격.

아멜리아가 난반사 마법을 쓰지 않으면 레이저 브레스는 피할 수밖에 없다.

하지만 쓰면 가우리의 시야도 그 때문에 차단되기에 날아오는 단말의 궤도를 읽기 힘들어진다.

'이형'은 다시 같은 공격을 하기 위해 단말의 무리를 철수시켰다.

"비가스 가이아!"

제르가 대지를 진동시키는 마법을 쏘았다!

'이형'에 대미지를 입히지는 못했지만 발밑을 흔들어서 태세를 무너뜨리는 것에는 성공했다.

덕분에 단말과 레이저 브레스의 동시 공격 2파는 막았지만 이대로 여기서 계속 싸우는 것은 불리할 수밖에 없다.

그렇다면….

"다들! 여기선 일단 퇴각하자!"

내가 소리치자 전원이—아멜리아만이 한 박자 늦게—달리기 시작했다.

향하는 곳은 마을과는 다른 방향.

"보내줄 것 같으냐?!"

외치는 '이형'의 눈앞에….

"아쿠아 컬레이드!"

아멜리아의 난반사 마법.

꿰뚫고 나가는 게 가장 빠르지만 난반사 공간에서 튀어나온 순간 공격받을 것을 경계해서인지, '이형'은 일단 뒤로 물러나서 우회했다.

이쪽은 아라이나를 선두로 달리면서,

《포그르!》

다시 아라이나가 불꽃을 봉인하는 안개를 만들어냈다.

그 직후.

"에어 프로전."

테시아스의 목소리가 들리더니….

퍼엉!

대기가 터졌다.

만들어진 충격파가 우리들의 등을 때렸지만 큰 타격은 아니다.

방금 그것은 공격이 아니라 안개를 날려서 시야를 확보하기 위한 것으로 보인다. 안개는 다소 옅어졌지만 시야가 맑아진 정도는 아니다.

상대는 안개를 틈탄 가우리의 기습을 경계하고 있는 것이다.

하지만 상대는 우리를 절대 놓치면 안 된다.

아무튼 '이형'··· 이랄까, '거미'의 루코리아는 '외눈박이'와 '2각수', 그리고 '날개'를 억지로 흡수한 상태인 것이다.

당연히 그런 상태에서 오래 생활하는 것 따윈 불가능. 식사와 배설도 여의치 않을 것이다. 즉 어떻게든 강제 합체를 해제할 필요가 있다.

해제해서 테시아스와 사간이 자유를 되찾았을 때 우리를 해치운 상태라면 그래도 어떻게 변명은 가능할 것이다.

하지만 반대로, 놓치고 말았어♪ 미안해♪ 라는 사태가 벌어진다면 두 사람에게 몰매를 맞을 게 뻔하다.

하지만 그런 까닭에···.

우리가 도망치는 데 성공한다고 해서 이기는 것은 아니다.

만약 우리가 도망쳐버리면 루코리아는 무언가 성과를 올리기 위해 아텟사 마을을 습격할 수밖에 없다.

다시 말해서.

해치울 수밖에 없다.

아까 내가 한 퇴각 선언은 사실 이동 개시 신호였다. 따로 행동하고 있었던 아멜리아를 제외한 다른 동료들과는 그렇게 사전에 협의해두었다.

아무래도 아멜리아 역시 그것을 눈치챈 것 같지만.

'외눈박이' 단말의 돌진공격은 끊겼다. 상대는 우리를 놓치지 않기 위해 추적에 전념하려는 듯하다.

때때로 뒤에 견제와 연막 주문을 날리면서,

"다들! 잘 들어!"

나는 쫓아오는 루코리아에게는 들리지 않을 정도의 목소리로 지금부터 해야 할 일을 순서대로 이야기하기 시작했다.

대장장이의 마을 아텟사.

셀세라스 대삼림의 나무를 연료로 많이 쓰는 이 마을에는, 나무를 벨 경우에는 새로운 묘목을 심어야 한다는 규칙이 있다.

위반하면 벌금을 내게 되어 있지만 그래도 규칙을 무시하는 사람은 어디에나 있다.

어떤 경위인지는 모르지만 마을에서 조금 떨어진 곳에 나무들이 벌목된 상태임에도 식수가 되지 않아 작은 광장처럼 트여 있는 장소가 있었다.

우리가 '이형'을 이끌고 도착한 곳은 그곳이었다.

상당한 거리를 달려왔지만 아라이나가 꼼꼼하게 진화용 안개 마법을 써준 덕분에 주위는 안개로 자욱하다.

이곳에 올 때까지 상대는 산발적으로 공격주문을 날렸지만 나무들이 차폐물이 되어주었는지 다행히 이쪽에 맞지는 않았다.

때때로 가우리가 검을 휘두르는 것은 단말의 그림자라도 본 것인지, 아니면 아스트랄 사이드에서 날아드는 공격을 요격하고 있는 것인지.

"아라이나!"

내 부름에 작게 고개를 끄덕인 그녀가 품속에서 꺼낸 나이프를 집어 던졌다.

가까운 곳에 있는 썩어가는 그루터기에 깊숙이 박힌 나이프 자루에는 토파즈가 끼워져 있었다.

그녀가 작게 고개를 끄덕이는 것을 보고… 이것으로 준비 완료!

"제르! 아멜리아!"

내가 보낸 신호에 아까 협의한 대로 주문을 외우기 시삭하는 두 사람. 일동은 안개 속에서 사방으로 흩어졌다.

그곳에….

안개를 꿰뚫고 '이형'이 모습을 드러냈다!

동시에 주문을 발동시키는 제르와 아멜리아!

"프리즈 애로!"

만들어진 백 개 가까운 냉기의 화살이 '이형'을 향해 돌진했다!

상대는 말도 안 되는 움직임으로 옆으로 이동했지만 피할 수 있는 숫자와 밀도가 아니었기에, 열 발 정도가 '이형'에 명중했다!

명중하면 맞은 부분을 얼리는 냉기의 화살! 얇은 얼음으로 덮어서 움직임을 저해하고 동상 등을 일으킨다!

하지만 상대는 자나파다! 맞아봤자 그것들은 그저 냉기가 되어 흩어져 사라지고 기껏해야 상대를 차갑게 만드는 정도이다.

하지만 그것으로 충분하다!

나는 상대에게서 거리를 벌리며,

"사이트 프랑!"

화악!

내가 외운 주문에 호응해서 소리가 날 만큼 짙은 안개가 주위에 퍼졌다!

아라이나가 쓰는 진화용 마법과는 별개로, 단순히 짙은 안개를 만들어내는 마법이다.

"그것으로 눈가림할 속셈이냐?!"

루코리아의 외침과 동시에,

"아르고윈."

콰아!

테시아스의 목소리가 울려 퍼지며 열풍이 휘몰아쳤다. 자칫하면 바람에 쓸려갈 뻔해서 헛걸음을 디디는 나.

바람으로 안개를 날려버려서 시야를 확보하려는 것이리라. 노렸던 대로 주위의 안개는 옅어졌지만 아직 흰색은 세계를 점유하고 있다.

그곳에.

《크리스털 블리자드.》

아라이나의 눈보라와도 같은 마법.

뒤를 이어.

"프리즈 애로!"

제르의 마법이 '이형'을 덮쳤다.

"얼음덩어리라도 만들고 싶은가 보구나!"

루코리아의 조소가 울려 퍼졌다.

"아니면 안에 있는 나를 얼려볼 요량인가?! 흥, 얼마든지 해봐라!"

콰아!

다시 강풍마법을 쏜다.

그러자 다시 내가 안개마법.

"끈질기군!"

소리치는 '이형'에게 아멜리아가 다시 냉기마법.

"이… 녀석들…!"

짜증이 난 듯한 루코리아의 목소리에 이어….

테시아스의 평탄한 목소리.

"발트레인."

파직!

섬광이,

안개에 매몰된 세계를 순간적으로 물들였다.

방금 그건… 무차별 광범위 뇌격 주문?!

수십 가닥… 어쩌면 좀 더 많은 뇌격이 안개를 가르며 하늘에서 쏟아졌다!

무작위로 쏟아진 탓에 다행히 나에게는 맞지 않았지만… 방금 공격 밀도로 보아 모두 빗나갔다고 생각하는 것은 너무 낙관적인 전망일 것이다.

모두의 무사를 확인하고 싶었지만….

안개 속에서 조금 속도를 늦춘 '이형'의 그림자가 좌충우돌하며 소리친다.

"제기랄… 안개 때문에…."

짜증을 내는 루코리아의 목소리가 때가 된 것을 알려주었다.

"제르! 아멜리아! 지금이야!"

나는 소리쳤다.

그 얼마 후….

""브 브라이머!""

두 사람의 목소리가 겹쳐서 울려 퍼졌다!

순간, 대지에 꽃이 피었다!

'이형' 주위에 꽃잎이 펼쳐지는 것처럼 대지가 부풀어 올라 좌우에서 '이형'을 에워싼다!

나도 아까 사용했던 골렘을 만들어내는 마법이다. 그것을 둘이 한 마리씩 '이형'을 사이에 두고 만들어내서 두 거인이 감싸는 형태로 '이형'을 집어삼킨다!

"뭐냐?! 이건?!"

루코리아가 놀라 소리친 이유는 단순.

거대한 것이다. 만들어지고 있는 골렘이.

아까 내가 만들어낸 정도의 것이었다면 '이형'은 쉽게 벗어났을 것이다. 그러나 이번에 만들어지고 있는 것은 그 두 배는 되는 사이즈이다.

꿈틀거리는 대지가 '이형'의 다리를, 허리를, 손을 휘감아가며 계속 위로 부풀어 올랐다.

—루코리아는 눈치채지 못한 것이다.

이곳이 아라이나가 만들어낸 거대한 증폭 마법진 안이라는 걸.

정확히 밀하면 우리들은 최근 며칠간 몰래 마을 근처에 이것과 똑같은, 완성 직전의 마법진을 몇 개 만들어두었다.

마지막 부품 하나, 아까 아라이나가 던진 나이프의 토파즈로 진이 완성되게끔.

진의 크기는 마을의 여러 구획이 넉넉히 들어갈 정도. 증폭되는 마력의 양도 진의 크기에 비례한다.

만약 루코리아가 자나파로 아스트랄 사이드와 차단되어 있지 않았다면 진을 볼 수도 있었을 것이다.

테시아스의 마법도 위력이 올라간 이상, 주문을 쓰기 위해 갑옷을 연 테시아스에게는 보였을지 모르지만 조종당하고 있는 그에게 그것을 전할 판단력은 남아 있지 않았을 것이다.

그리고 상대가 다음에 취할 수단은….

"까불지 마!"

외침과 동시에 아직 모양이 다 잡히지 않은 골렘의 여러 부위를 꿰뚫는 빛이 뿜어 나왔다.

레이저 브레스!

형태를 이루기 전에 막대한 대미지를 입고 골렘의 형성이 중단되었다….

그 순간!

《녹트 코핀.》

아라이나의 냉기마법이 '이형'을 휘감은 상태에서 일그러진 대지의 꽃으로 변한 골렘을 직격했다.

대지가 머금고 있는 수분이 강렬한 냉기에 의해 얼어붙으며 견고한 우리처럼 '이형'을 가둔다!

"가우리! 아라이나!"

"응!"

《여기 있어요.》

내 목소리에 대답은 비교적 가까운 곳에서 들렸다.

결국 전원 무사했었나? 아까의 뇌격 주문이 전부 빗나가다니 루코리아도 운이 어지간히 안 좋군.

─아니, 어쩌면 테시아스가 저항해서 일부러 빗나가게 한 건가?

세 사람이 합류하자 아라이나는 오른손으로 가우리, 왼손으로 내 손을 붙잡고,

《레이 윙.》

고속 비행 마법을 외웠다!

이것은 나도 쓰는 마법이다. 제어가 어려워서 무거운 건 운반하지 못하지만 지금은 엘프의 마력과 증폭마법진의 영향으로 두 사람을 데리고 거뜬히 상승할 수 있다!

위에서 보니 만들어지다 만 골렘에 의해 '외눈박이'와 '2각수'의 머리 부분까지 매몰된 '이형'의 모습은 크레이터 바닥에 달라붙은 거미를 연상시켰다.

그 '거미'에게 다가가며 나는 주문을 영창하기 시작했다!

—전공의 싱계에서 해방된
　얼어붙은 허무의 칼날이여….

외우는 것은 마력 증폭 없이는 쓸 수 없는 어둠의 칼날을 만들어내는 마법!

위력은 틀림없지만 아무튼 마력을 무지 먹는다.

이 증폭 마법진 안에서라면 마법은 발동할 테지만 만들어낸 어둠의 칼날이 얼마나 버틸지는 알 수 없다.

우리의 접근을 깨달은 '이형'은 아직 움직이는 '거미' 다리 하나를 이쪽으로 뻗었다….

"그대로 가!"

가우리가 소리치자 아라이나는 피하지 않고 똑바로 나아갔다!

'거미' 다리에서 발사된 레이저 브레스는 우리가 두르고 있는

바람의 결계를 약간 스쳤을 뿐!

좋아! 노렸던 대로 상대에겐 이쪽이 잘 보이지 않고 있다!

아까부터 결정타가 되지 않는 냉기마법을 계속 날렸었는데, 대미지는 입히지 못해도 자나파의 표면 온도는 극도로 낮추었을 것이다.

그 상태에서 안개 속을 돌아다니면 표면 전체에 서리가 낄 수밖에 없다.

당연히… '거미'의 눈 부분에도.

실제로는 안개와 서리가 시야를 극도로 악화시키고 있지만 안에 있는 루코리아에게는 주위의 안개가 짙어진 것으로밖에 생각되지 않았을 것이다.

그리고 표적이 잘 보이지 않는 루코리아의 인식이 자나파의 조준을 엉망진창으로 만들었다.

'거미'의 다리가 약간 움직여 조준점을 바꾸자….

"밀어!"

지시에 따라 아라이나는 가우리를 바람의 결계 밖으로 밀쳐내고 손을 뗴었다! 그 반동으로 나와 아라이나 역시 반대 방향으로 살짝 이동한다.

우리와 가우리 사이에 생긴 공간을 레이저 브레스가 휩쓸고 지나갔다!

가우리는 그대로 허공을 이동해서 거대 골렘이 완성되지 못하고 굳어진 절구 모양의 땅에 착지한 뒤….

그대로 질주했다!

한편 나 역시 아라이나의 손을 놓고, '이형'을 중심으로 가우리와는 반대편 땅에 착지했다!

주문을 계속 영창하면서 '거미'를 향해 달려든다!

—내 힘, 내 몸이 되어
　함께 멸망의 길을 걸을지니
　신들의 혼조차도 깨뜨리는….

'이형'이 가우리를 요격하려고 하는 게 보인다.

구부러진 촉수와 변형된 날개가 각각 채찍과 칼날이 되어 가우리에게 휘둘러졌다.

지금 가우리가 디디고 있는 땅은 대략적으로 보아 절구형이라고는 해도 완성 전에 정지 및 빙결된 일그러진 모양의 골렘 위이다. 즉 길이 없는 산비탈 같은 것.

그럼에도 불구하고 가우리는 평지를 달리는 것 같은 발걸음으로 '거미'에게 돌진했다! 이것으로 모든 게 끝난다! 튕겨나가는 촉수 채찍과 날개 창!

하지만 튕겨낸 날개 뒤에서 나타난 단말이 가우리를 향해 돌진했다!

"큭?!"

칼날을 되돌려 간신히 단말을 동강 내지만… 그 기세를 다 죽이

지는 못해서,

퍼억!

베인 단말의 잔해가 가우리의 가슴 갑옷을 때렸다!

"우옷?!"

불안정한 땅 위에서 떠밀린 탓에 균형을 잃고 절구 밖으로 떨어지는 가우리!

그 틈에 '이형'은 내 쪽에도 날개를 변형시켜 공격을 했다!

—제기랄. 나를 한낱 인간 마법사로 얕보고 방치했으면 편했을 텐데…. 역시 그건 너무 낙관적인 생각이었나?

이쪽이 돌진하고 있는 이상, 당연히 상대도 무언가의 책략을 경계한 것이리라.

내 체술로는 이 불안정한 땅 위에서 날개의 공격을 다 피해내기는 힘들다!

그렇다면 어쩔 수 없지!

"라그나 블레이드!"

나는 '힘 있는 말'을 해방했다!

마주친 양손에서 어둠의 칼날이 만들어진다!

길이는 쇼트 소드 정도. 어떻게 발동시키긴 했지만 마력이 마구 소모되어가는 것을 느낀다.

—클리어 바이블에 기록된 로드 오브 나이트메어의 힘을 빌린 전설의 마법.

이번에 쓴 것은 그 불완전 버전이었다.

완전 버전은 위력이 엄청나지만 공격 범위가 넓어지는 것도 아니고 마력과 체력 소모도 한층 심하다.

지금은 과도한 위력보다 지속 시간이 더 중요하니, 굳이 불완전판을 쓴 것이다.

무게가 없는 어둠의 칼날이 휘둘러지자 변형된 날개는 베인 느낌조차 없이 잘려 날아갔다!

하지만 이것으로 상대의 의식이 내 쪽으로 쏠린 걸 깨달았다.

변형된 다른 날개와 촉수가 나를 노리기 시작했고, '거미'의 다리 중 하나가 끝부분을 이쪽으로 뻗더니 레이저 브레스 발사구를 겨누었다!

—이건… 위험하다!

하지만 그 순간,

가우리가… 도약했다!

추락하는 가우리를 아라이나가 고속비행 마법으로 붙잡아서 다시 위로 올려줬다는 것을 이해하는 데는 찰나의 시간이 필요했다. 상대의 움직임에 약간의 망설임이 생긴 그 순간,

가우리의 오른손이 번뜩였다!

—과연 루코리아는 그가 검을 집어 던졌다는 것을 이해했을지 어떨지.

하지만 자나파의 반사 속도는 그것을 감지해서 다리, 날개, 촉수로 즉각 방어 자세를 취했다!

—허나 그것은 의미가 없었다.

아라이나가 만든 증폭의 마법진 안에서는 마력이 증폭되고….

증폭된 마력에 반응해서 블래스트 소드는 더욱 예리해진다….

소리도 없이,

다리, 날개, 촉수가 절단되고 칼날은 칼자루까지 '거미' 한복판에 박혔다!

—조용히.

조용히 조용히 '이형'이 움직임을 정지했다.

거미 다리가 천천히 내려가다 힘없이 툭 떨어졌고, 촉수도 힘을 잃고 추욱 늘어졌다.

—아마….

루코리아는 자신의 죽음조차 인식하지 못했을 것이다….

깊숙이 박힌 검을 가우리는 별 어려움 없이 뽑았다.

발밑이 약간 흔들렸다.

몸을 뒤척인 것이다. 자나파 중 하나가.

나와 가우리는 경계했지만….

"…루코리아…?"

목소리는 '외눈박이' 사간의 것이었다.

'거미'의 제어에서 벗어난 덕분에 말을 할 수 있게 된 모양이다.

상황을 이해하지 못하고 있는 것 같지만….

"이제 없어."

가우리가 말했다.

짧은 침묵 후….

"…그렇군…."

의미를 깨닫고 사간은 중얼거렸다.

"아직도 싸울 생각이야?"

담담하게 묻는 가우리에게,

"아니…."

사간의 조용한 선언이….

"우리가 졌어…. 자나파는 그만 버리겠다."

싸움의 끝을 알렸다.

테시아스의 눈동자는 빛을 잃은 상태였다.

—살아는 있다.

하지만 불러도 대답이 없다.

—사간의 패배 선언 후,

우리들은 '날개' 자나파를 파괴하고 나서 '이형'… 이랄까, '외눈박이'와 '2각수'를 덮고 있던 얼어붙은 흙을 마법으로 부쉈다.

자유로워진 '외눈박이' 사간은 자나파를 해제하고 자신의 몸에서 분리했다.

장착자 본인을 가까이서 보는 것은 처음이었지만 인간의 감각으로 말하면 서른 넘은 평범한 체격의 나이스 미들이려나? 엘프로 치면 근육질이라고 해야겠지만.

반면 '2각수'는 축 늘어진 채 무반응.

사간은 안에 있는 테시아스를 부르다 반응이 없는 걸 확인하고 어떻게 했는지 자나파를 해제시켰다.

하지만 안에서 나온 테시아스는 아무런 반응도 보이지 않았다.

"…어째서…?!"

중얼거리는 사간에게 나는 말했다.

"싸우는 도중에 테시아스가 마법을 쓰고 있었는데…

만약 그게 자나파를 매개로 해서 강제적으로 쓰게 한 것이라면 무언가의 영향이 생긴 것일지도 모르겠어. 물론 단순한 상상이지만."

"…제기랄…. 어째서… 이렇게 된 거지…? 우리들은 그저… 숲을 지키기 위해서…."

사간의 피를 토하는 듯한 신음 소리에….

"…너 말야…."

나는 어이가 없어서 힘이 빠졌다.

한숨 섞인 말투로,

"어째서 이렇게 된 거냐고? 정말 모르는 거야? 목적에 대한 수단이 전부 잘못되어 있었으니까 그런 거잖아."

"…뭐라고…?!"

"숲을 지키는 건 좋아.

그런데 숲을 지킨답시고 자나파라는 강력한 무기를 손에 넣어서 숲을 전장으로 만들었고, 인간의 마을을 파괴했으며, 그 보복으로 인간이 숲을 불태운다니까 숲이 파괴되든 말든 그 인간까지

죽이려 했어.

마지막에 가선 동료의 자나파까지 억지로 조종해서 적을 배제하려 했지. 마찬가지로 숲을 전장 삼아서 말야.

이래선 숲이든 동료든 전혀 지킨 게 아니잖아.

오히려 잘못되지 않은 부분이 없어.

애당초 무얼 위해 숲을 지키려고 한 거야?"

내 물음에 사간은 조금 우물대다가,

"…우리 엘프의 숲에 대한 마음은…."

"인간은 모를 거라고 말하려는 거지?

그게 아니라 생물은 근본적으로 단순해. 사람이든 엘프든 동물의 목적은 되도록 행복하게 오래 사는 거야.

즉 너희의 숲을 지키고 싶다는 생각은, 바꿔 말하면 숲이 파괴되면 행복한 기분이 사라지니까 행복한 기분으로 있기 위해 그걸 그만두게 하고 싶어서 생긴 거라고…. 다시 말해 이것도 수단인 거지.

그것을 위해 어떤 대가를 얼마나 치를 것인지, 무엇을 어디까지 해야 되는 것인지,

그런 것도 생각하지 않고 수단까지 잘못 선택했으니…

만약 여기서 너희가 이겼다고 해도 너희가 행복하게 사는 미래가 올 거라고는 도저히 생각할 수 없어."

말한 나에게 사간은 잠시 침묵하고 나서,

"…그럼… 어떻게 해야 됐다는 거지…?"

"몰라."

《즉답?!》

무슨 까닭인지 옆에서 듣고 있었던 아라이나가 소리쳤지만,

"그야 그렇지. 자신에게 뭐가 행복인지, 어떻게 하는 게 최선인지 하는 걸 다른 사람이 가르쳐줄 수 있을 리 없잖아.

그러니까,

자신에게 정말 중요한 것이 무엇인지를 잃지 않으면서 보다 좋아지려면 어떻게 해야 하는지를 하나의 대답에만 매달리지 말고 계속 생각하는 수밖에 없어.

그거밖에는 없어.

물론 실행하기는 어렵지만 말야."

"……."

납득했는지 어떤지 모르겠지만 한숨과 함께 침묵하는 사간.

후회는 하는 것 같지만 반성은 하고 있는지 어떤지 모르겠다.

하지만 어찌 됐건 그들이 아텟사 마을에 저지른 일에 대한 대가는 치르게 해야겠지….

―그렇게 생각한 그때!

"크랙 윌!"

목소리와 기척에 우리는 크게 뒤로 물러섰다!

따바바바바바밧!

잇달아 일어나는 작은 폭발!

짙은 안개가 주위를 가득 채우더니….

"사간! 퇴각해요!"

들려온 것은 '날개'의 장착자였던 여자 엘프 류시다의 목소리!

아무래도 요란한 소리와 연막뿐인 술법인 듯하다. 하지만 지금 연기를 강행 돌파할 순 없다.

만약 이쪽이 섣불리 쫓아가면 패배 선언을 한 사간은 둘째치고, 경위를 잘 모르는 류시다는 공격을 할 가능성이 있다.

내가 주문을 외워서

"딤 윈!"

강풍의 마법으로 연기를 날려버렸을 때에는….

사간과 테시아스의 모습은 이미 사라지고 없었다.

다만 경갑옷 같은 것 두 개가 덩그러니 방치되어 있었다.

'외눈박이'와 '2각수'의 자나파.

이것은 자나파를 버리겠다는 의사 표시일 것이다.

가우리는 말없이 다가가 검을 휘둘러서….

모든 자나파를 파괴했다.

"쫓아갈까?"

제르의 물음에,

《…아뇨….》

대답한 것은 아라이나였다.

《지금부터는 이쪽에서 처리하겠습니다.

숲 속에서 전력으로 도망치는 엘프를 인간이 쫓아가기란 어려울 거예요.

저는 일단 저희 마을로 돌아가서 사정을 이야기하고 동료들과 함께 그들을 추적하도록 하죠. 그들이 아텟사 마을에서 저지른 일의 대가는… 반드시 치르게 하겠어요.

…하지만 그건 둘째치고….》

살피듯 주위를 둘러보다 내 쪽을 보고,

《…혹시 여러분… 한 명 더 있지 않나요?》

뭔지 모를 소리를 했다. 하지만,

"아, 있네."

무슨 까닭인지 가우리가 대답했다.

나, 세르, 아멜리아가 의아한 시선을 던지는 가운데 그는 주위를 빙 둘러보고 천연덕스럽게,

"거기 있지? 됐으니까 나와! 제로스!"

""제로스…?!""

놀란 목소리가 터지는 가운데,

"얼레? 눈치채고 계셨나요?"

목소리와 기척은 내 뒤에서 돌연 생겨났다.

튕기듯 돌아보고,

"제로스?!"

나는 상대의 이름을 불렀다.

검은 머리에 신관복. 싱글벙글한 미소를 짓는 온화한 표정.

언뜻 보면 어디에나 있을 법한 마음씨 좋은 신관이지만, 일반적으로 마음씨 좋은 신관은 좀 전까지 아무도 없었던 곳에 돌연 출

현하거나 하지 않는다.

"있었던 거야?!"

"예. 쭉."

천연덕스럽게 대답한 그 순간,

아라이나가 털썩 그 자리에 주저앉더니,

《…리… 리나…! 리나리나리나! 그 사람은 대체…!》

부들부들 몸을 잘게 떨면서 떨리는 목소리로 말한다.

"…아…."

나는 조금 망설였지만 일단 정직하게,

"응. 알고 지내는 마족이야."

《…네…?!》

아라이나의 목소리가 뒤집어졌다.

…뭐, 동요하는 것도 무리는 아니다.

제로스는 전에 자나파와 싸웠을 때 만나서 한때는 함께 여행을 한 적도 있지만 이래 봬도 어엿한 고위 마족이다.

그레이터 비스트(수왕) 제라스 메탈리옴 직속의 수신관 제로스.

천 년 전의 강마전쟁에서는 단 혼자서 드래곤의 무리를 궤멸시킨 것으로 알려져 있다.

만약 아라이나가 아스트랄 사이드에 존재하는 제로스의 본체를 보았다면 이런 반응도 어쩔 수 없다.

그런 아라이나에게 제로스는 웃는 얼굴로,

"걱정 마시길. 이쪽은 싸울 의사가 없으니까요."

《―히익…!》

아라이나는 땅을 필사적으로 기어서 내 다리 뒤로 숨으며,

《…모르는 사람이 말을 걸어왔어요….》

낯가림이냐?!

제로스가 고위 마족이라서 겁을 먹은 줄 알았더니….

"그렇다면 자나파를 쫓아온 건가?"

"정확하게 맞히셨습니다."

제르의 물음에 제로스는 고개를 끄덕였다.

"알고 계실지 모르겠지만, 저는 기본적으로 클리어 바이블의 사본을 처분하라는 명령을 받고서 움직이고 있습니다.

명령대로 사본만을 처분하고 있었는데… 거기서 유출된 것이 '포레스트 하운드'분들에게 넘어가고 말아서 어떻게 할까 싶었죠.

그럴 것이 자나파를 조종하는 엘프 몇 명을 상대하는 건 귀찮잖아요.

애프터서비스 차원에서 제가 해결해야 되는 건지, 아니면 나중에 윗분들 질책을 받더라도 모르는 척해야 되는 건지…

망설이고 있자니 아는 얼굴들이 이번 일에 관여하고 있는 게 보여서 여기선 편승하는 게 좋겠다 싶었죠.

그래서 안 보이는 곳에서 몰래 도우면서 지켜봤던 겁니다."

당당하게 편승이라고 말했어!

"…일처리는 여전하다고 해야 할지…."

기가 막혀서 중얼거리는 나에게 그는 손가락을 하나 세우고,

"합리적이라고 말씀해주시면 기쁘겠군요. 혹은….'

거기서 아멜리아 쪽으로 시선을 옮기고,

"아멜리아 씨가 선호하는 표현으로 말씀드리자면, 예전 동료들의 곤경을 보고 떨쳐 일어났다고나 할까요?"

노골적으로 비꼬는 표현에,

"그렇군요! 그건 정말 불타는 전개죠!"

하지만 아멜리아는 주먹을 불끈 움켜쥐고 눈을 반짝반짝 빛내면서,

"전에 함께 싸웠던 동료들이 위험에 빠졌다! 입으로는 이런저런 핑계를 대면서도 마음속에서는 정의의 불꽃이 불타고 있어서 친구의 힘이 되기 위해 마족이라는 입장을 넘어…!"

"죄송합니다. 방금 한 말은 취소할 테니 진심으로 받아들이지 마십시오. 농담입니다."

허둥지둥 손사래를 치는 제로스.

─아무래도 아직 아멜리아의 정의 사랑을 얕보고 있었나 보군.

"하… 하지만 용케 아셨군요, 가우리 씨. 제가 있다는 것을.'

그렇게 화제를 바꾼다.

"그야 뭐….'

가우리는 머리를 벅벅 긁으면서,

"싸우고 있는 도중에 몇 번인가 검이 당겨지는 느낌… 음, 뭐라고 했더라? 아스트라산?의 공격이라 했나? 어쨌든 그게 몇 번인가 도중에 사라진 적이 있었거든.

그런 일을 할 수 있을 만한 녀석은 너 외엔 별로 없으니 말야."

"…어쩐지. 그래서 그런 거였군."

그 말에 비로소 나도 납득했다.

"우리 쪽 운이 너무 좋다 싶었는데 네가 뒤에서 이것저것 거들어주고 있었던 거구나.

가우리가 방금 말한 아스트랄 사이드로부터의 공격을 무효화한 것도 그렇지만,

'인마'와 마주치자마자 사고를 일으킨 것이라든지, 아멜리아의 난반사 주문에 반사된 레이저 브레스가 '중갑옷'을 직격한 것이라든지, 상대의 무차별 뇌격 주문이 모두 빗나간 것이라든지."

내 추측에 제로스는 뺨을 긁적이고 쓰게 웃으며,

"…아뇨…. 다른 건 말씀하신 그대로지만 처음 '인마'는 저랑 무관합니다. 그건 완전히 사고였어요."

"사고였구나."

"사고였어."

"살다 보면… 곧잘 있는 일이지."

"안에 있었던 사람은 강하게 살아주었으면 좋겠군요! 보지 않았기에 잘 모르겠지만!"

《품…. 아, 어흠어흠.》

제각각 묘한 코멘트가 흘러나왔다.

"뭐 어찌 됐건 저로선 자나파가 전부 파괴되고 사본의 지식을 가진 분이 돌아가셨으니 만사 OK로군요. 여러분도 마을의 위협

이 사라졌으니 OK. 양쪽 모두 윈윈인 셈입니다."

제로스는 뻔뻔하게 말했다.

"혹시…."

문득 떠올리고 나는 물었다.

"가우리가 마지막에 던진 검이 정통으로 '거미'에 박힌 것도 제로스 네 소행이야?"

―사본의 지식을 가지고 있는 루코리아를 처분하기 위해….

그에 대해 제로스는 그저 검지를 한 개 세우고,

"그건… 비밀입니다."

―아… 이 녀석이라면 그렇게 대답하려나?

―약간 이용당한 감이 없지는 않지만….

그는 일동을 돌아보더니,

"저로선 남은 엘프들에게 볼일이 없으니까 그쪽 처우는 여러분께 맡기겠습니다.

그럼 인사도 끝났으니 전 이쯤에서 실례하도록 하죠."

일방적으로 말하고 그 모습은 사라졌다.

바람이 불어서 싸움의 흔적인 안개와 연기를 날려버렸다.

숲의 나무들은 녹색 잎사귀를 흔들면서 그저 조용히 펼쳐져 있을 뿐이었다.

이리하여 아텟사 마을에 평화가….

찾아온 걸까?

이곳이 대장장이의 마을인 이상, 일부의 엘프들에게는 마음에 들지 않는 존재일 것이다.

하지만 이번 일로 '포레스트 하운드' 일당이 공격을 포기한 것은 분명하다.

아무튼 모든 자나파를 버리고 떠났으니까.

'인마'와 '중갑옷'이 쓰러진 현장으로 돌아가보니 그 잔해는 있었지만 시체 등은 없었기에, 장착자들이 어떻게 되었는지까지는 알 수 없다.

제로스가 자나파는 전부 파괴되었다고 말한 이상, 우리가 보지 못한 자나파가 또 있을 가능성은 거의 없을 것이다.

당면한 위협은… 사라졌다.

—아멜리아 일행, 세이룬의 사자 일행이 아텟사 마을을 떠난 것은 '포레스트 하운드'와의 싸움이 끝난 다음다음 날이었다.

하루 여유를 둔 것은 주위의 안전 확인을 촌장과 세이룬 경호병들이 주장했기 때문이다.

지금.

마을 바로 밖, 문 옆에는 사자 일행의 출발을 배웅하는 군중들이 모여 있었다.

우리 외에는 마을의 높은 분들과 자경단 몇 명, 그리고 상주 중인 제피리아 정규병과 구경꾼들 다수.

아라이나만은 이 자리에 없지만 그녀는 어제 이미 출발했다.

동료들에게 돌아가서 반드시 이번 주모자들을 붙잡아 이 마을에 넘기겠다고 마크라일 씨에게만 전하고 우리에게는 아무런 인사도 없이 떠난 것이다.

뭐, 배웅이니 뭐니가 싫어서 몰래 출발한 거겠지…. 그녀답다면 그녀답다.

아멜리아 등은 엘프들과 이것저것 이야기를 해보고 싶었다고 아쉬워했지만.

아무래도 채찍 등을 써서 빠르게 높은 곳으로 올라가는 비결을 배우고 싶었던 모양이다. 그만둬.

현재 아멜리아는 일부러 마차에서 내려 여러 사람들에게 말을 걸고 있다.

의례적으로 촌장들과도 인사를 한 후,

"기왕이면 리나와 가우리 오빠도 함께 가지 않을래요?"

그렇게 나에게도 묻는다.

확실히 행선지가 같기는 하지만… 나는 어깨를 으쓱하고,

"그만둘래. 그쪽은 가는 곳곳마다 높은 분들과 이것저것 할 일이 있을 테고, 호위 병사들과 우리도 서로 눈치를 봐야 할 테니 말야.

이쪽은 마음 가는 대로 이곳저곳 들르면서 느긋하게 갈게."

"알겠어요. …제르가디스 오빠는요?"

"나는 좀 더 이 마을에 있을 생각이야."

그는 말했다.

"사정이 있었다고는 해도, 녀석들에게 가담해서 이 마을을 괴

롭히는 데 일조한 것도 사실이니 말이야. 그 빚 정도는 갚아야겠지."

마을에는 습격의 흔적이 아직 남아 있으니 일손이 어느 정도 필요할 것이다.

다만 촌장의 말에 따르면 제피리아 왕도에 사건이 해결되었다는 연락을 했더니, 며칠 전에 출발시킨 병사들을 복귀시키지 않고 명령을 변경해서 마을의 복구를 맡길 예정이라고 한다. 그러니까 복구에는 그리 많은 시간이 걸리지 않을 것이다.

"알겠습니다.

또 언젠가… 어딘가에서 만났으면 좋겠군요."

"그래."

"또 보자고."

"가능하면 성가신 일이 없을 때 말야."

나, 가우리, 제르가 각각 말했다.

"그럼 여러분, 신세 많이 졌습니다. 이만 실례할게요."

아멜리아는 드레스 자락을 잡고 살짝 들어 올려 인사한 후 마차에 탔다.

척.

세이룬의 병사 일동이 자세를 고치자 마차는 덜컹덜컹 나아가기 시작했다.

"또 봐." "너무 정의에 집착하지는 마." "높은 곳 조심하고."

우리의 목소리로 배웅을 받으며 일단은 길을 떠났다.

대열이 나무들 너머로 보이지 않게 되자 높은 분들과 상주 정규병, 구경꾼들은 삼삼오오 마을로 되돌아가기 시작했다….

"자, 그럼…."

나는 제르와 마크라일 씨, 란다 쪽을 바라보고,

"그럼 우리도 그만 실례하도록 하죠."

나와 가우리도 출발 준비는 끝마친 상태다. 마크라일 씨에게서 의뢰료도 잔뜩 챙겼고.

"신세를 졌군요. 정말 고맙습니다."

말하는 마크라일 씨 옆에서 란다가 나에게,

"신세를 졌군.

…너는 실패를 활약으로 메우라고 했지만… 결국 아무런 활약도 못 했네…."

자조 섞인 웃음을 짓는 것을 보고 나는 웃는 얼굴로,

"무슨 소리를 하는 거야? 딱히 '포레스트 하운드'와의 싸움에서 활약해야 한다는 의미로 말한 게 아니라고.

앞으로 마을에서 조금씩 활약해가면 돼."

"그래. 너무 무리하지 않고 자신이 할 수 있는 일을 조금씩 해가면 되는 거야."

마크라일 씨도 웃는 얼굴로,

"가령 자지 않고 일한다든지, 휴식 없이 일한다든지, 보수는 말라비틀어진 빵으로 만족한다든지."

"그건 너무 심하니까 봐주세요. 정말로."

농담 속에서도 진심이 살짝 엿보이는 마크라일 씨의 말에 내가 대신 항의해주었다.

"그럼 제르도 잘 있어."

"그래, 너희도. 가우리는 내 이름 잊어먹지 말고."

"걱정 마! 한 달 정도는 문제없어!"

제각각 인사를 나누고 나서 나와 가우리는 걷기 시작했다.

아텟사 마을을 뒤로한 채….

작가 후기

작가 칸자카 하지메 + L

L : 분명히 말했어! 사람의 마음속에 어둠이 존재하는 한, 「슬레이어즈」는 언젠가 반드시 부활한다고!

작 : 확실히 그런 말을 하긴 했지만! 앤솔로지 후기에서!

L : 사람과 어둠은 불가분의 관계! 환생계 소설과 특수능력계 소설이 사라진다고 해도 형태를 바꾸어서 어둠은 반드시 존재하는 법!

작 : 아니, 그런 이야기를 여기서 해도⋯. 아무튼 여러분, 오랜만입니다. 슬레이어즈 특별편 「아텟사의 해후」를 보내드립니다!

L : 특별편⋯⋯? 16권이라는 넘버링이던데 그건 왜 그렇게 된 거야?

작 : 뭐, 원래는 판타지 문고&드래곤 매거진 30주년 기념, 그리고 여러분의 오랜 애독에 대한 감사를 담아서 특별편으로 낼 생각이었는데⋯ 이 책만으로는 이야기를 이해할 수 없을 테니 시간순으로 따져서 16권이라고 할 수밖에 없었어.

L : 뭐, 확실히 동창회를 하는 것 같은 이야기이긴 했지. 그래서

타이틀도 '해후'인 건가?

작 : 계속 응원해주신 여러분과 「슬레이어즈」의 해후라는 의미도 담겨 있지.

L : 그럼 이후에도 계속 이어질 가능성은…?

작 : 뭐, 솔직히 평판, 작가의 기분, 컨디션, 재밌는 게임이 나오느냐 안 나오느냐의 여부, 기후 등에 따라 달라지겠지!

L : 너무 두루뭉술하잖아?!

작 : 그래! 머랭을 듬뿍 넣은 팬케이크처럼! 오히려 내 인생에 있어서 두루뭉술하지 않았던 때는 한순간도 없었어!

L : 우와! 아저씨의 인생을 팬케이크에 비유하는 거 의외로 열반 네!

작 : 아니, 그렇기는 한데,
그럼 아저씨답고 두루뭉술한 게 그거 말고 또 뭐가 있지?

L : …아저씨답고… 두루뭉술…? 우웅… 아! 관리 안 된 스웨터의 털이라든지?

작 : 일리가 있긴 하지만 좀 그렇네! …그나저나 기후는 농담이 아닌 게, 이 작품을 쓰고 있던 해엔 35도 넘는 날이 계속되기도 하고 대형 태풍이 마구 오기도 했거든. 여러 가지 이유로 산책을 의무적으로 하고 있는데, 이런 환경에서 밖을 돌아다니다 간 죽을 것 같은 날이 이어지는 거 정말 없었으면 좋겠어.

L : 아… 그리고 보니 작가는 전철로 일부러 지하상가가 있는 곳까지 가서 산책을 하기도 했던가? 태풍이 오면 전철도 멈추니

까 무리지만.

작 : 밤에 산책을 하면 이런저런 핑계로 금방 안 하게 될 것 같아서 덥지 않은 오전에 산책을 하는데… 산책을 끝내고 나면 '후우, 오늘도 열심히 일했군' 하는 생각이 들어서….

ㄴ : 조금도 일 안 했잖아!

작 : 아니, 뭐, 물론 알고 있지만.

ㄴ : 알고 있다면 열심히 일해! 목표는 매주 한 권!

작 : 무리한 요구 하지 마! 물론 빨리 쓰는 작가는 그 정도 페이스로 쓰고 있을 것 같지만! 이쪽은 벌써 이소노 나미헤이(주1)와 동갑이라고!

ㄴ : 무슨 소리! 나미헤이 씨도 수십 억 규모의 계약을 하루에 한 건씩 따내고 있을 거야! 분명!

작 : 너무 유능하잖아?! 뭐 세타가야에 단독 주택을 가지고 있을 정도이니 정말 그 정도 능력이 있을지도 모르지만….

ㄴ : 알았으면 얼른 써.

작 : 우와, 강압적! …하지만 확실히 언젠가 다시 만날 수 있었으면 좋겠습니다. 그리고 기후가 좀 더 온화해지면 좋겠네요.

ㄴ : 기후는… 음… 월면보다 일교차가 적으면 다행이라고 생각하는 수밖에. 아무튼 다들 건강에는 주의하도록 해~ ♪ 다시 만날 날을 기약하면서~ ♪

후기 : 끝

주1) 이소노 나미헤이 : 만화 「사자에 씨」에 등장하는 캐릭터. 54세.

※ 이 책은 드래곤 매거진 2018년 5월~11월호에 게재된 것을 대폭 가필해서 한 권으로 정리한 것입니다.

슬레이어즈 16
아텟사의 해후

1판 1쇄 인쇄	2020년 8월 8일
1판 1쇄 발행	2020년 8월 15일

지은이	Hajime Kanzaka
일러스트	Rui Araizumi
옮긴이	김영종

발행인	정욱
편집인	황민호
본부장	박정훈
마케팅	조안나 이유진 이수정
국제판권	이주은 김준혜

제작	심상운 최택순 성시원
발행처	대원씨아이(주)
주소	서울특별시 용산구 한강대로15길 9-12
전화	(02)2071-2018
팩스	(02)749-2105
등록	제3-563호
등록일자	1992년 5월 11일
ISBN	979-11-362-3785-9 04830

SLAYERS Vol.16 : ATESSA NO KAIKO
©Hajime Kanzaka, Rui Araizumi 2018
First published in Japan in 2018 by KADOKAWA CORPORATION, Tokyo.
Korean translation rights arranged with KADOKAWA CORPORATION, Tokyo.